光文社文庫

文庫書下ろし／長編時代小説

入《いり》婿《むこ》

鬼役伝(三)

坂岡　真

光　文　社

この作品は光文社文庫のために書下ろされました。

『入婿　鬼役伝㈢』目次

尾張徳川家
上屋敷
市谷
早稲田村
江戸川
音羽
護国寺
至板橋宿
江戸川橋
大塚
巣鴨
赤城明神
御納戸町
若宮八幡宮
神楽坂
石切橋
切支丹坂
御薬園
日光御成街道
中山道
小日向馬場
牛込
御留守居町
番町
牛込御門
伝通院
小石川
白山
田安御門
清水御門
小石川御門
水戸徳川家
上屋敷
駒込
春日町
六義園
水道橋
千駄木
神田川
本郷
加賀前田家
上屋敷
道灌山
駿河台
下谷茅町（柳沢家中屋敷）
霊雲寺
根津権現
日暮里
神田明神
喜連川藩上屋敷
湯島天神
不忍池
秋元家下屋敷
鍛冶町
昌平橋
昌平坂
明神下
池之端仲町
弁天
忍ヶ岡
筋違御門
仁王門前町
寛永寺
東叡山
根岸
谷中
外神田
下谷広小路
内神田
和泉橋
下谷練塀小路
佐久間河岸
神田佐久間町
神田相生町
向柳原
御徒町
下谷金杉町
通油町
豊島町
新シ橋
下谷山崎町
通塩町
柳原土手
左衛門河岸
三味線堀
広徳寺
下谷竜泉寺町
浄閑寺
汐見橋
同朋町
横山町
両国広小路
元鳥越町
幡随院
薬研堀
米沢町
浅草橋
茅町
猿屋町
甚内橋
阿部川町
新吉原
両国橋
柳橋
御蔵前片町代地
新堀川
日本堤
水戸家石揚場
横網町
大川
森田町
東本願寺
日光道中
二ツ目之橋
回向院
首尾の松
御米蔵
御蔵前通り
御蔵前
浅草寺
小塚原
惣録屋敷
御竹蔵
御厩河岸之渡し
浅草広小路
雷門
奥山
浅草
山谷町
弁天社
駒形町
浅草観音
新鳥越橋
二ツ目之橋
石原町
駒形堂
花川戸町
山谷堀
揚場
緑町
南割下水
竹町之渡し
吾妻橋
今戸橋
今戸町
白鬚之渡し
本所
源森橋
竪川
源森川
小梅村
三囲稲荷
向島墨堤
長命寺
木母寺
三ツ目之橋
北割下水
北辻橋
大横川
法恩寺橋
寺島村
新辻橋
業平橋
亀戸村
小梅村
四ツ目之橋
押上村
天神橋
十間川
柳島村
亀戸天神

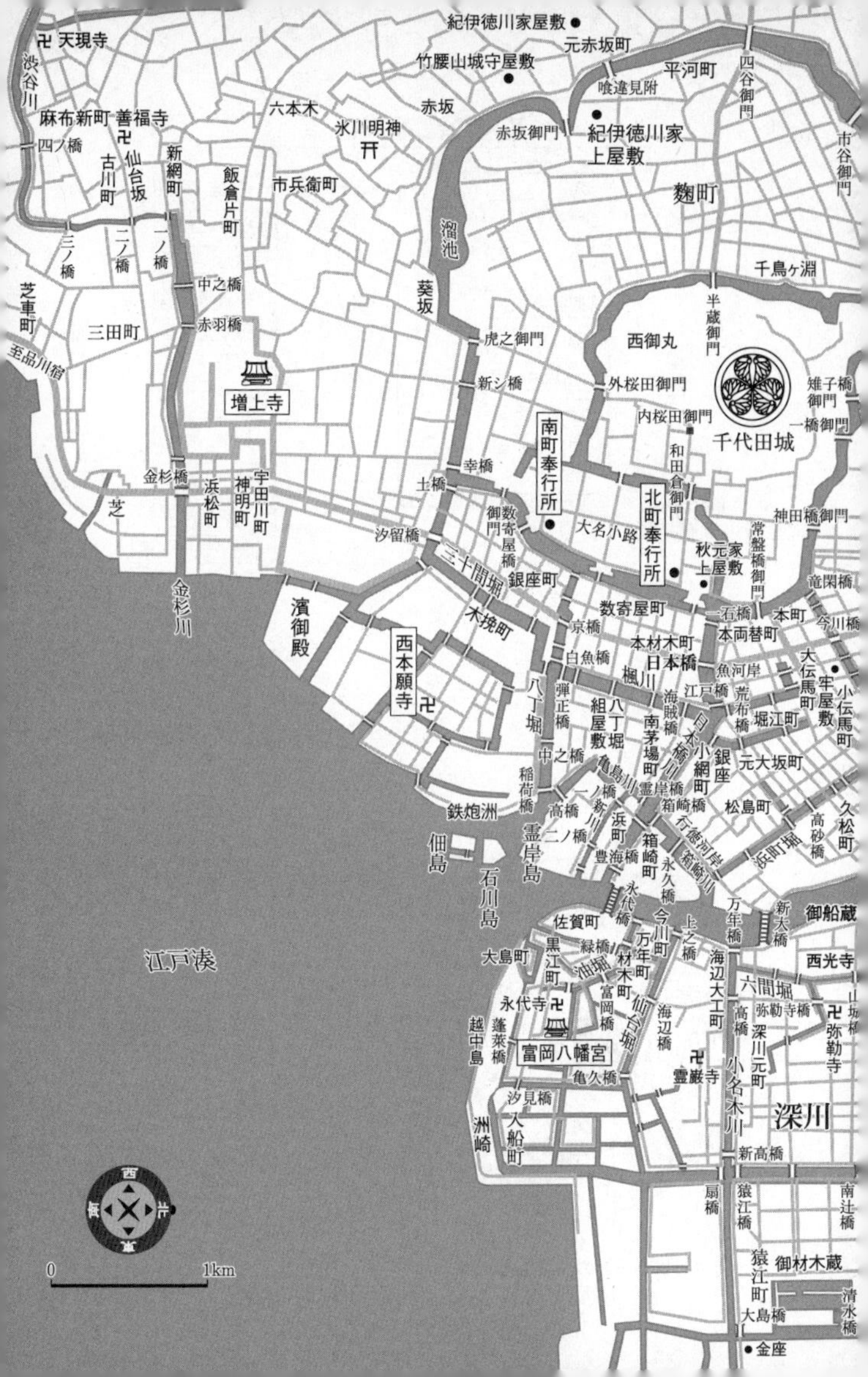
紀伊徳川家屋敷
元赤坂町
天現寺
渋谷川
竹腰山城守屋敷
平河町
四谷御門
喰違見附
六本木
赤坂
麻布新町
善福寺
氷川明神
赤坂御門
紀伊徳川家上屋敷
市谷御門
四ノ橋
古川町
仙台坂
新網町
飯倉片町
市兵衛町
麴町
三ノ橋
二ノ橋
一ノ橋
溜池
千鳥ヶ淵
中之橋
芝車町
赤羽橋
葵坂
半蔵御門
三田町
西御丸
虎之御門
至品川宿
増上寺
新シ橋
外桜田御門
雉子橋御門
内桜田御門
南町奉行所
一橋御門
千代田城
和田倉御門
幸橋
金杉橋
浜松町
神明町
宇田川町
土橋
北町奉行所
芝
数寄屋橋御門
大名小路
神田橋御門
汐留橋
常盤橋御門
秋元家上屋敷
三十間堀
銀座町
竜閑橋
金杉川
濱御殿
木挽町
数寄屋町
一石橋
本町
今川橋
京橋
本両替町
西本願寺
本材木町
白魚橋
日本橋
大伝馬町
魚河岸
牢屋敷
楓川
小伝馬町
八丁堀
弾正橋
江戸橋
荒布橋
海賊橋
堀江町
八丁堀組屋敷
南茅場町
日本橋川
小網町
銀座
中之橋
亀島川
元大坂町
稲荷橋
霊岸橋
箱崎橋
松島町
一ノ橋
新川
行徳河岸
高橋
鉄炮洲
浜町
高砂橋
久松町
二ノ橋
箱崎町
浜町堀
霊岸島
佃島
豊海橋
箱崎川
永久橋
石川島
永代橋
万年橋
新大橋
御船蔵
佐賀町
今川町
上之橋
黒江町
緑橋
万年町
大島町
海辺大工町
西光寺
江戸湊
油堀
材木町
六間堀
永代寺
富岡橋
仙台堀
海辺橋
高橋
弥勒寺橋
弥勒寺
越中島
蓬莱橋
富岡八幡宮
深川元町
霊厳寺
亀久橋
小名木川
汐見橋
深川
洲崎
入船町
新高橋
扇橋
猿江橋
南辻橋
御材木蔵
猿江町
清水橋
大島橋
金座
西
北
東
南
0
1km

幕府の職制組織

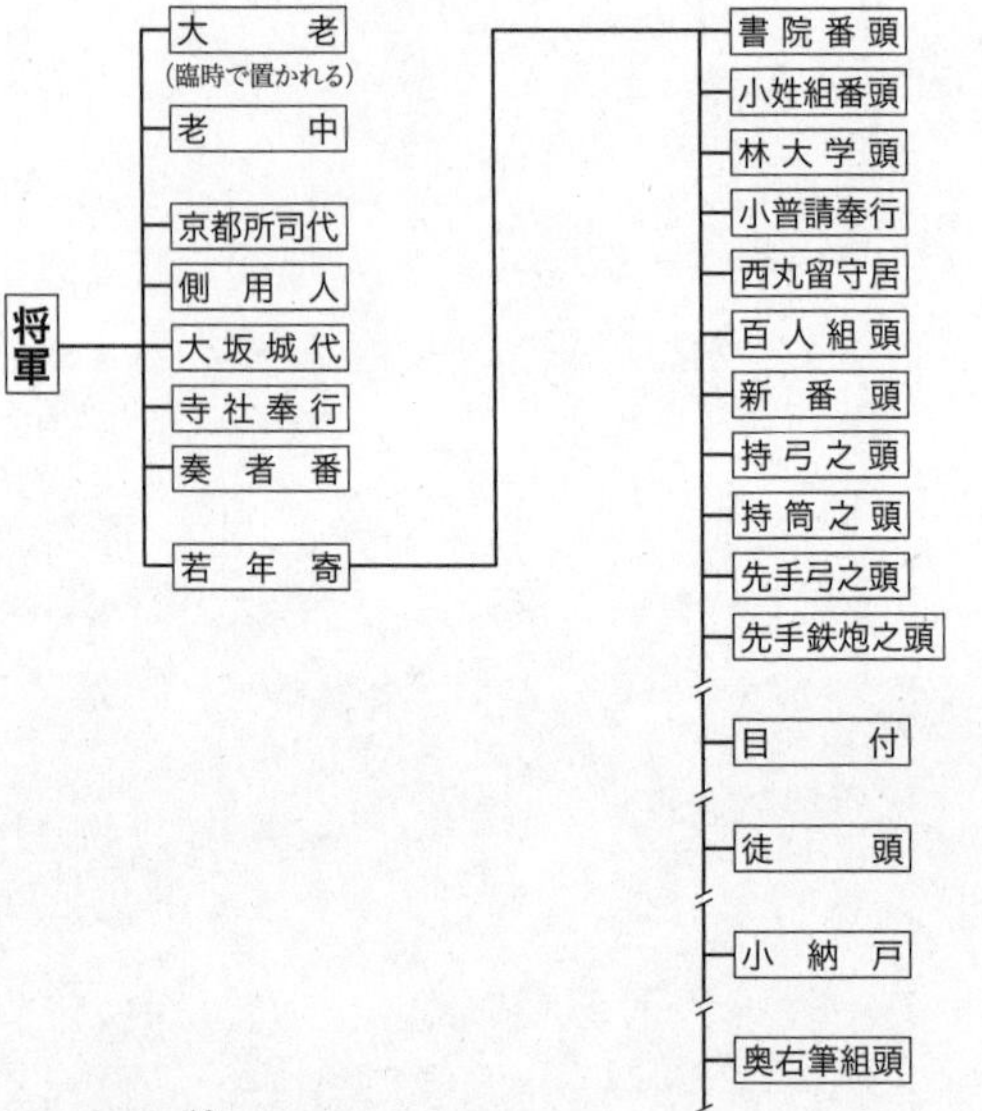
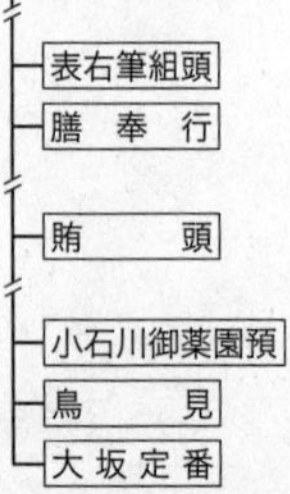

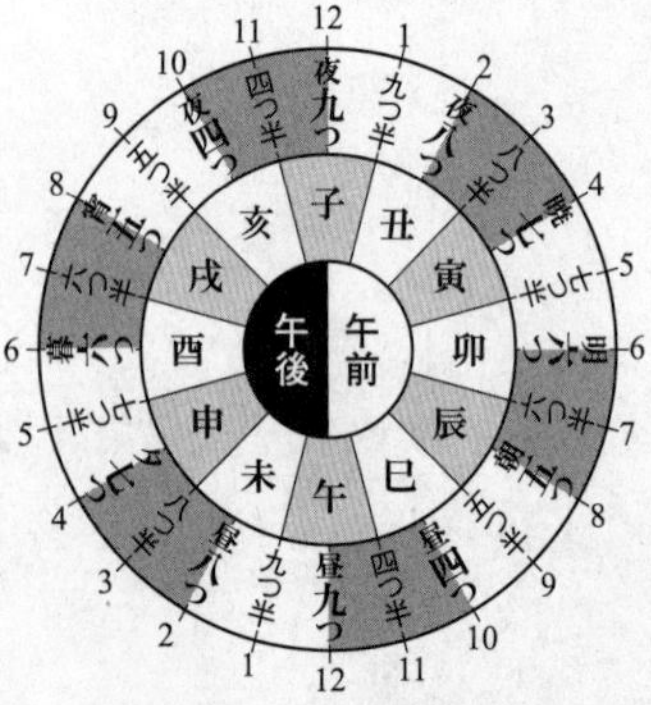

江戸の時刻(外の数字は現在の時刻)

千代田城図

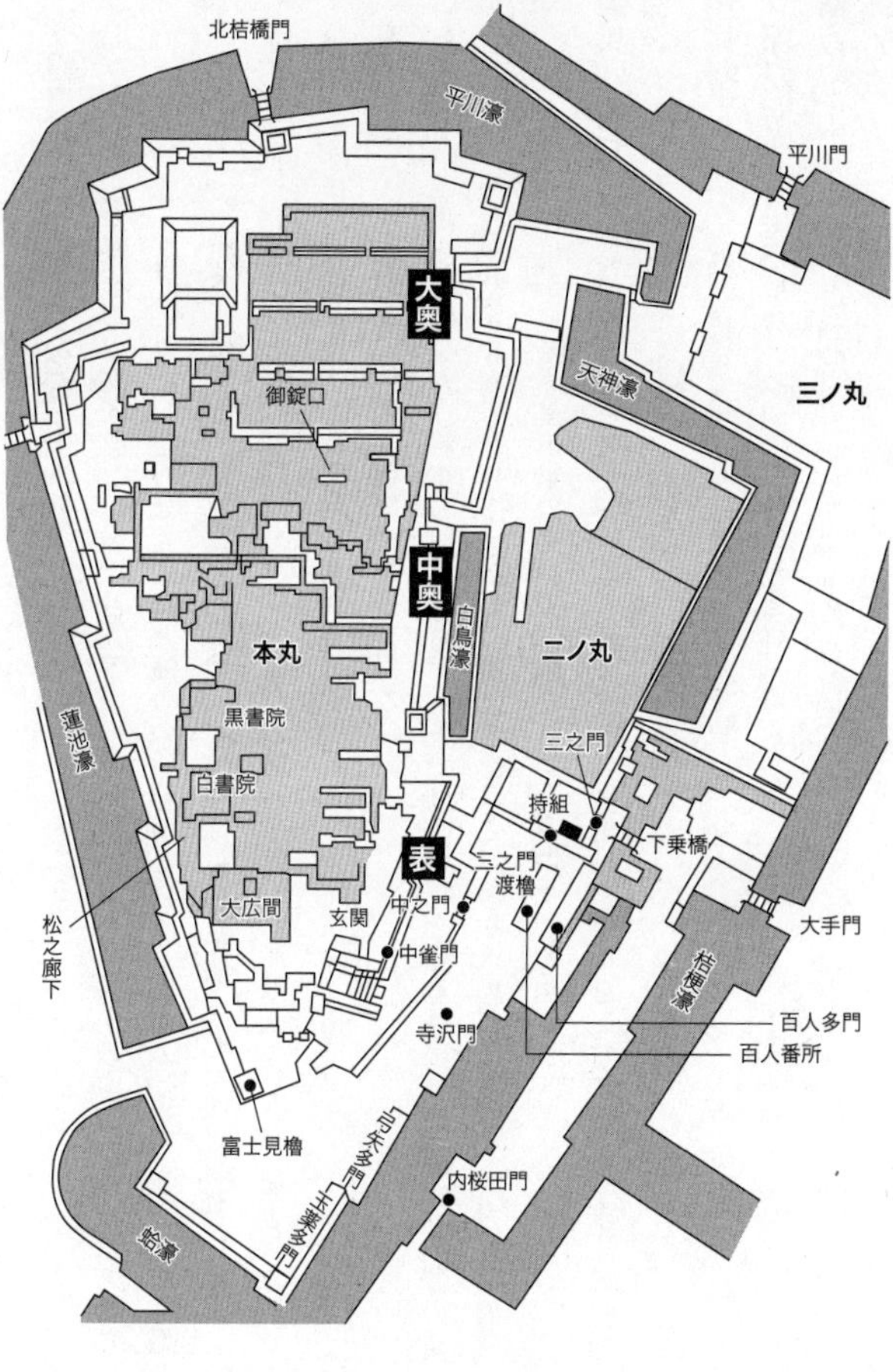
北桔橋門
平川濠
平川門
大奥
天神濠
三ノ丸
御錠口
中奥
白鳥濠
本丸
二ノ丸
蓮池濠
黒書院
三之門
白書院
持組
下乗橋
表
三之門
渡櫓
松之廊下
大広間
玄関
中之門
大手門
中雀門
桔梗濠
寺沢門
百人多門
百人番所
富士見櫓
弓矢多門
玉薬多門
内桜田門
蛤濠

『入婿　鬼役伝㈢』おもな登場人物

伊吹求馬……膳奉行支配同心。前職は百人番所の番士だったが、番士の中での番士たちの頂点に立ったところで、御家人随一の遣い手というふれこみが老中秋元但馬守喬知の耳に届き、試練と御験し御用を経て、膳奉行支配同心に抜擢された。

矢背志乃……京の洛北にある八瀬の首長に連なる家の出身で、江戸へきて矢背家を起こして初代の当主となる。薙刀の達人。

月草（猿婆）……八瀬家に仕える女衆。体術に優れている。

土田伝右衛門……公人朝夕人。将軍の尿筒持ち。一方では、将軍を守る最後の砦となる武芸の達人でもある。室井作兵衛から密命を受けて、伊吹求馬に接触する。室町幕府時代から続く土田家の末裔で、代々、伝右衛門を名乗る。

秋元但馬守喬知……老中。密命を下し、奸臣を始末する裏御用の担い手を探しており、求馬に白羽の矢を立てる。

室井作兵衛……秋元家留守居。秋元但馬守の命を受け、伝右衛門や志乃や求馬に密命を下す。

南雲五郎左衛門……膳奉行。唯一無二の鬼役と称される。

徳川綱吉……第五代将軍。「犬公方」と呼ばれている。

鬼役伝㊂

入婿

鳩殺し

一

初鮭《はつざけ》には白髪《しらが》大根を添えて、膾《なます》の細魚《さより》は山葵《わさび》の利いた煎《い》り酒で食す。汁は鯛《たい》のすり流しに芽独活《めうど》、あるいは蕪《かぶ》とつみれ、占地《しめじ》と小海老《こえび》でもよい。煮物の椀は若狭《わかさ》の昆布でしめた一塩鯛《ひとしおだい》に粉山椒《こさんしょう》を掛けた一品、小鴨《こがも》ならば里芋《さといも》と糸蒟蒻《いとこんにゃく》のつけ合わせがよかろう。平皿には鱚《きす》の塩焼きと付け焼き、猪口《ちょく》には柿の白和《しらあ》え、蒲鉾《かまぼこ》に玉子、口取肴《くちとりざかな》は蓮根《れんこん》の山葵味噌田楽《でんがく》、吸い物の実には蓴菜《じゅんさい》を使う。そして、式日《しきじつ》の仕上げには、目の下三尺（約九一センチ）におよぶ鯛の尾頭《おかしら》付きを忘れてはならない。

「いざ、骨取りじゃ。取りませい」

公方綱吉《くぼうつなよし》に供される葉月《はづき》の献立をつらつらと諳《そら》んじ、伊吹求馬《いぶきもとめ》は手にした竹箸を巧みに動かす。

ただし、御膳には皿も椀も並んでいない。ないものをあるものと見立て、毒味作法の修行をしている。幕閣《ばっかく》の老中《ろうじゅう》をつとめる秋元但馬守喬知《あきもとたじまのかみたかとも》の御膳掛《ごぜんがかり》が食材をけちっているのか、毒味修行に馴《な》れてくるとこうなるのか、理由などわからぬ。さきほどから腹の虫は鳴りつづけているものの、襖《ふすま》の向こうで聞き耳を立てる物好きもおるまい。

――時時《じじ》に勤めて払拭《ほっしき》せよ。

突如、鋭い叱責《しっせき》が耳の奥から響いてくる。

日々の修行を怠らず、煩悩《ぼんのう》の塵《ちり》を掃すべし、という禅の教えだ。

声の主は鹿島新當流《かしましんとう》の剣理《けんり》を叩きこんでくれた慈雲《じうん》禅師であろうか、それとも、不忍池《しのばずのいけ》の北端にあるこの秋元屋敷で毒味作法のいろはを指南してくれた南雲五郎左衛門《なぐもごろうざえもん》であろうか。あるいは、床の間に鎮座する大日如来《だいにちにょらい》の木像かもしれぬ。

心の声に耳をかたむけても、煩悩から逃れるのは難しい。

脳裏に浮かんでくるのは、凜《りん》とした娘の横顔であった。

「……志乃《しの》さま」

名を口ずさんだだけで、顔もからだも火照《ほて》ってくる。

もちろん、気性の激しい志乃の心を動かすのは容易ではない。

まずは、本人も公言しているとおり、剣術の勝負で上をいかねばならぬ。

さらに、課された密命がどれだけ理不尽なものであろうとも、たとえば何万匹もの犬を収容した犬小屋に潜入して能面を奪ってくるとか、浪人狩りで捕まったあとに収容された「牢獄」のなかで無頼《ぶらい》の浪人どもを結束させるとか、見も知らぬ誰かを悪党と信じて成敗《せいばい》するとか、いかなる密命であろうとも、冷徹にやり遂げねばならぬ。

剣術の力量のみならず、類《たぐ》い稀《まれ》なる胆力と強運の持ち主であることが求められよう。

「……いや、それだけでは足りぬ」

いったい何が足りぬのか、矢背《やせ》家の婿になる第一の資質とは何か。考えれば考えるほどわからなくなり、胃の腑《ふ》がきりきりと痛みだす。

求馬は熊《くま》の胆《い》を爪の先ほど削って嘗《な》め、あまりの苦さに顔を顰《しか》めつつ、床の間に掛けられた軸を睨《にら》みつけた。

軸のまんなかには「阿」の梵字《ぼんじ》が浮かんでいる。

公方綱吉や生母桂昌院《けいしょういん》も崇《あが》める大僧正《だいそうじょう》の筆跡《て》になるという。「隆光《りゅうこう》と申す偉い坊さまじゃ」と囁《ささや》いたのは誰であったか、おおかた生類憐《しょうるいあわれ》みの令に不満を持つ身分の低い番士であろう。

今から十五年前の元禄《げんろく》元年、隆光は神田《かんだ》橋外に建立《こんりゅう》された護持院《ごじいん》の開山《かいさん》となった。深く帰依《きえ》する桂昌院にはたらきかけ、江戸表《えどおもて》ばかりか京都《きょうと》や奈良《なら》にある寺社仏閣の再建にも莫大な公金を投じさせてきた。戌《いぬ》年生まれの綱吉に犬を殺してはならぬと進言した張本人とも目され、下々の者たちからは「余計なことをしてくれた糞坊主」などといった悪態や怨嗟《えんさ》の声も聞こえてくる。

ともあれ、真言宗の大僧正が枯れ枝のごとき筆跡で阿字《あじ》を書き、老中の但馬守に進呈した。求馬は立派に表装された阿字をひたすらみつめ、大日如来に祈りを捧げているのだ。

「阿字観《あじかん》も毒味修行のひとつゆえ、けっして怠らぬように」

と、秋元家留守居《るすい》の室井作兵衛《むろいさくべえ》に命じられてはいるものの、やはり、脳裏に浮かぶのは志乃の横顔、阿字観をおこないながらも、求馬は煩悩の犬になりさがっていた。

「余白をみよ。余白を埋めるのが人生じゃ」

室井はいつも、わかったようなわからぬような台詞《せりふ》を口走る。

「志乃は鬼を祀《まつ》る八瀬童子《やせどうじ》の末裔《まつえい》、父親は帝《みかど》の輿《こし》を担ぐ誇り高き族《うから》の首長であった」

などと、したり顔で説いてみせたが、何故《なにゆえ》に矢背家が徳川《とくがわ》幕府に忠誠を誓う旗本《はたもと》となったのか、何故に郷里を捨てた女当主が将軍家毒味役の地位を望むのか、もしくは望まれているのか、そこまでの詳しい事情は教えてくれない。

「おぬしが志乃に気に入られ、まんがいちにも矢背家に婿入りできたならば、おいおい知ることになろうよ」

されど、競争相手はいくらでもいるぞと言外に匂わされれば、持ち前の負けん気に火が点《つ》いてしまう。もはや、阿字観どころではない。

求馬は立ちあがり、夕暮れの縁側へ踏みだした。

吹き寄せる風は強い。野分《のわき》の前触れであろうか。

不吉な予感にとらわれていると、遠慮がちに庭の板戸を敲《たた》く音がする。

許しも得ずに忍んできたのは、手足が蜘蛛《くも》のごとく長い婆さまだった。

「猿婆《さるばば》か」

本名は月草《つきぐさ》、志乃の侍女《じじょ》である。

「わしでわるかったな。志乃さまからのお言付《ことづ》けじゃ」

「えっ、志乃さまからの」

「気安く名を呼ぶな。ふん、若造め、何を狼狽《うろた》えておる。ろくに知恵もはたらかぬくせに、何を望んでおるのじゃ」

猿婆はお歯黒の塗られた歯を剝《む》き、いつもどおり、高飛車な態度でものを言う。

「うぬがごとき猪 侍《いのししざむらい》に、志乃さまがお心を動かされるとでもおもうのか。徳川の御家人《ごけにん》づれがどれだけ背伸びしようと、御所に縁《ゆかり》ある矢背家に婿入りはできぬ。それだけは肝《きも》に銘じておけ」

「いきなりあらわれて、その言いぐさはなかろう。腹の立つ婆さまだな」

「ん、何か言うたか」

「いいや、独り言《ひとりごと》だ」

「早う身支度を整えよ」

「まだ言付けとやらを聞いておらぬぞ」

「行きしなに教えてやる」

「今から何処《どこ》かへ行くのか」

「そうじゃ、ぐずぐずいたすな」

猿婆はくるっと踵《きびす》を返し、忍んできた板戸の向こうへ消えた。

求馬は刀を摑《つか》んで縁側から飛びおり、急いで板戸を擦り抜ける。

外へ出てみると、猿婆のすがたはなかった。

「ここじゃ」

声のするほうを見上げれば、高い塀越しに唐松《からまつ》の枝が隆々と伸び、猿婆が枝から逆さにぶらさがっている。

秀でた体術《たいじゅつ》をみせつけられれば、初めての者は驚かされよう。

猿婆はひらりと地に舞い降り、脱兎《だっと》のごとく駆けだした。

足も鹿なみに速い。

求馬は必死に追いすがり、どうにか肩を並べた。

「何処へ行く」

「吉原《よしわら》じゃ」

「えっ」

「嬉しがるな。大門《おおもん》から内へは入らぬ」

いったい、何のために吉原へ。求馬は走りながら考えた。

考えられることはふたつ、ひとつは廓《くるわ》遊びのお大尽《だいじん》を守ること。もうひとつはお大尽を始末すること。たぶん、どちらかだろう。されど、肝心のお大尽が誰かわからぬ。

尋ねようとするや、猿婆は陣風《はやて》となって駆けだした。

「遅れるな、寛永寺《かんえいじ》の寺領《じりよう》を突っ切るぞ」

小川を飛び越え、寺領内へ躍りこみ、雄壮な根本中堂《こんぽんちゆうどう》の裏手から東へ向かう。急勾配の屏風《びようぶ》坂を駆け下り、左手に折れて坂本《さかもと》門を通り抜け、下谷《したや》の町並みを左右にしながら街道を北へ進む。おそらく、金杉上町《かなすぎかみちよう》のさきを右手に折れ、田圃《たんぼ》に囲まれた竜泉寺《りゆうせんじ》のほうから吉原をめざすのだろう。

「猿婆、待ってくれ。お大尽をどうする気だ」

「案ずるな。そやつは斬らぬ」

「ならば、どうする」

「屋敷まで無事に送り届ける。それが今宵の御役目じゃ」

駆けながら安堵《あんど》の溜息《ためいき》を吐《つ》き、婆の背中に問うた。

「お大尽とは誰だ」

「さっきみたであろう。根本中堂を建てた商人じゃ」

「えっ」

「紀文《きぶん》を知らぬのか」

江戸で暮らす者ならば、紀文こと紀伊國屋文左衛門《きのくにやぶんざえもん》を知らぬはずはない。

紀州《きしゆう》の蜜柑《みかん》を江戸で売って大儲《もう》けし、材木商に転じて莫大な身代《しんだい》を築きあげた。綱吉の御代《みよ》になって建造された寺社仏閣や千代田《ちよだ》城の改築にはことごとく、紀文の調達した杉や檜《ひのき》が使われているはずだ。吉原の妓楼《ぎろう》ひとつを総仕舞《そうじま》いするほどの豪遊ぶりでも知られ、当代随一の金満家《きんまんか》であることは疑いの余地もない。

されど、まがりなりにも幕臣《ばくしん》の身で、何故に紀文ごときを守らねばならぬのか。

志乃に密命を下したのは、但馬守の意を汲《く》んだ室井作兵衛であろう。直々《じきじき》に命が下されなかったのは、求馬に今ひとつ信を置いていないことの証《あか》しかもしれない。それはまあよいとしても、いっぱしの侍が廓で遊んだ商人を家屋敷まで無事に送り届けねばならぬ道理がわからぬ。

紀文は幕閣の重臣《じゆうしん》たちと密接な関わりを持ち、山吹《やまぶき》色の餅を方々に配ったおかげで幕府御用達《ごようたし》の地位を得たという。

幕閣のなかでは唯一清廉《せいれん》と目されている但馬守も例に漏れず、紀文から甘い汁を吸わせてもらったのだろうか。それゆえ、敵の多い商人の身を守る厄介な役目を引きうけたのか。そうだとすれば、何とも情けないはなしではないか。

「脳味噌の足りぬ頭で考えるな。ほれ、日本堤《にほんづつみ》はすぐそこじゃ」

猿婆は一段と足を速め、暮れなずむ道の向こうへ遠ざかっていく。

求馬は汗みずくになりながらも、消えかけた婆の背中を追いかけた。

二

見返り柳のさきを右へ折れれば長さ五十間《けん》（約九一メートル）の衣紋《えもん》坂より続く五十間道《ごじつけんみち》、三曲がりの急坂を下れば板葺《ぶ》き屋根付きの大門《おおもん》へたどりつく。

「ほれ、急げ。早う来い」

向かって左手にある面番所《めんばんしょ》のほうから、猿婆が呼びかけてきた。

すでに、紀文を乗せた法仙寺《ほうせんじ》駕籠《かご》は地を離れ、担ぎ棒の角をこちらに向けている。

担ぎ手は先棒《さき》と後棒《あと》に手替わりがひとり、合わせて三人のようだ。手代《てだい》らしき男が提灯《ちょうちん》で行く手を照らし、駕籠の左右には月代《さかやき》を剃った四人の侍が随行していた。

提灯には『江戸勘』という駕籠屋の屋号が浮きあがっている。

求馬は上ってくる駕籠をやり過ごし、猿婆ともども駕籠尻に従《つ》いた。

すれちがいざま、月代侍のひとりに「若造め」と吐きすてられる。

むっとしながらも、かたわらの猿婆に声を掛けた。

「連中は何者だ」

「さあ、知らぬ」

どうやら、秋元家とは別の筋から寄こされた連中のようだ。

「駕籠のなかに紀文がおるのか」

「しっ、黙っておれ」

皺《しわ》顔の猿婆に制され、黙々と坂道を駆けのぼっていく。

月代侍たちはいずれも鋭い眼差《まなざ》しをしており、物腰から推《お》すと剣術の心得もありそうだ。

駕籠は急坂を上りきり、日本堤を左手に曲がった。

おやと、求馬は首を捻《ひね》る。

反対の右手に曲がり、今戸《いまど》橋のほうへ向かうとおもっていたからだ。

猿婆をみても、何ひとつ反応しない。

仕方なく駕籠尻にしたがい、盛りあがった土手道を進んでいった。

見上げる空には群雲《むらくも》が渦巻き、右手に流れる山谷堀《さんやぼり》も左手に広がる田圃も一面の暗闇と化している。このまま投げ込み寺で知られる三ノ輪《みのわ》の浄閑寺《じょうかんじ》へ向かい、そのさきの街道を左手に曲がって、寛永寺のほうへ進むつもりであろうか。

紀文の店は八丁堀《はっちょうぼり》沿いの本八丁堀にある。敷地は一丁《ちょう》におよぶと聞き、一度だけ見物しにいったことがあった。本八丁堀に帰るのであれば、今戸橋の桟橋《さんばし》から船を仕立てたほうが遥《はる》かに早いだろうに、そうしなかった理由をあれこれ考える。

ひょっとしたら、何者かに襲われるのを見越して裏を掻《か》き、わざと別の道から遠回りする策を立てたのだろうか。

行く手を照らす提灯の灯《あか》りは心許ない。

強い横風に煽《あお》られ、駕籠が左右に蛇行《だこう》しはじめた。

「おいおい、大丈夫か」

おもわず叫びかけると、駕籠はふいに動きを止める。

ここは一本道のなかほど、浄閑寺まではまだ遠い。

「道が塞《ふさ》がれております」

提灯を持つ手代が声をひっくり返した。

「ちっ」

猿婆が舌打ちする。

二台の大八車《だいはちぐるま》が横付けにされ、道を塞いでいるらしい。

おおかた、行く手を阻《はば》もうとする者たちの仕業《しわざ》であろう。

「さては、物盗《ものと》りか」

吐きすてたそばから、鏑矢《かぶらや》の矢音が迫る。

——ひゅるる、がつっ。

鏃《やじり》が担ぎ棒に刺さるや、駕籠かきどもが血相を変えて逃げだした。

「ひゃあぁ」

手代も提灯を捨て、駆けだそうとした途端、尻っぺたを矢で射抜かれる。

「伏せろ」

猿婆に首根っこを摑まれ、求馬は這《は》いつくばった。

駕籠脇の四人も地に伏せ、じっと動かない。

刹那《せつな》、頭上から火矢《ひや》が降ってきた。

——ひゅん、ひゅんひゅん。

狙いは正面の大八車、ぼっと炎が立ちのぼる。

「それっ、掛かれい」

左右の土手下から、人影が飛びだしてきた。

月代と髭《ひげ》を伸ばした浪人どもだ。十人ではきかぬ。

猿婆は身を起こし、たんと地べたを蹴りつけた。

「あっ」

二間余りも跳躍し、抜刀した浪人に襲いかかった。

「ぶへっ」

踵《かかと》で鼻面《はなづら》を蹴りつけ、たちまちに相手を昏倒《こんとう》させる。

求馬も負けじと起きあがり、愛刀の法成《ほうじよう》寺《じ》国光《くにみつ》を抜きはなった。

といっても、白刃《はくじん》は抜かず、帯から鞘《さや》ごと抜いて振りまわす。

「ぬえいっ」

ひとり目は首筋を叩き、ふたり目は鐺《こじり》で胸を突いた。

残った連中が怯《ひる》んだとみるや、すかさず猿婆が躍りこみ、蹴りの一撃でひとりを倒した。だが、敵は後ろだけではない。めらめらと炎が燃える前方からも、浪人どもが迫ってくる。

「ふわああ」

喊声《かんせい》と金音《かなおと》が交錯《こうさく》し、敵と味方で激しい鍔迫《つばぜ》り合いになった。

「ぬぎゃっ」

浪人どもは血を吐いて斃《たお》れ、味方は攻勢に転じていく。

ところが、相手方にひとり、とんでもない強者《つわもの》がいた。

「邪魔するな」

求馬の眼前で、味方のふたりが一刀のもとに斃《たお》されてしまう。

「ぐはは、莫迦《ばか》め、商人なんぞを守ろうとするからじゃ」

前面へ押しだしてきたのは、縦も横もある巨漢だった。

両手に二刀を提《さ》げ、左右から片手斬りを仕掛けてくる。

三人目の味方も袈裟懸《けさが》けに斬られ、逃げだした四人目は浪人たちの手で膾《なます》斬りにされた。

「金の亡者《もうじゃ》め。誅《ちゅう》してくれる」

巨漢は大股で駕籠に迫り、勢いよく垂れを捲《めく》った。

「ふえっ」

内から転げでてきたのは、ひどく痩《や》せた町人だ。

どうみても、紀文ではない。

「くそっ、囮《おとり》か」

巨漢は唾を吐き、鬼の形相《ぎょうそう》でこちらを睨みつける。

求馬と猿婆は対峙《たいじ》しつつも、闇雲《やみくも》に近づくのを避けた。

「ふん、生き残ったのは梅干し婆と若造か」

巨漢は二刀を肩に担ぎ、両方の袂《たもと》をひるがえす。

やり合う気もないらしい。

「待て」

求馬は追いすがろうとして、猿婆に止められた。

「無駄に命を捨てるな」

巨漢は振り向きもせずに遠ざかり、残った浪人たちもいなくなる。

突如、味方のひとりが息を吹き返した。

「おい、しっかりいたせ」

助け起こそうとしたが、猿婆に諭される。

「無駄じゃ。そやつは助からぬ」

たしかに傷が深すぎ、助かる見込みはなかろう。

それでも瀕死《ひんし》の男を抱え、求馬は猿婆を睨《にら》みつけた。

「最初《はな》から、囮とわかっておったのか」

「ああ、そうじゃ。知らなんだのは、襲ってきた連中とおぬしだけじゃ」

「どうして」

「教えたところで、やることはかわらぬ」

腕に抱えた月代侍が、がくっと頭《こうべ》を垂れた。

「死んだぞ」

四人の月代侍は、囮とわかっていながらも駕籠を守ろうとしたのだ。

ふうっと、猿婆は溜息を吐く。

「宮仕えの侍とは、哀れなものよな」

どれだけ虚《むな》しくとも、上の命にはしたがわねばならぬ。

「死んだ四人はたぶん、御目付《おめつけ》の配下じゃ。御目付に密命を下したのは、老中首座の阿部豊後守《あべぶんごのかみ》であろうよ」

「くそったれめ」

求馬が悪態を吐くと、猿婆は嘲笑《あざわら》った。

「誰に腹を立てておる。老中どもか、それとも、紀文か」

「どっちもだ」

怪我を負った浪人たちの呻《うめ》き声が聞こえてきた。

「猿婆、襲ってきた連中におぼえは」

「知らぬわ」

浪人たちは金で雇われただけであろう。責め苦を与えても得るものはあるまい。

「あの二刀流、紀文を誅するとほざいておったぞ」

「だからどうした」

「物盗りではないということだ」

「ふん、わかっておるわ」

「雇い主の素姓、調べずともよいのか」

「そこまでの指図は受けておらぬ。されど、あの二刀流、いずれ何処かで再会するやもしれぬ。そのときは、本身《ほんみ》を抜かねばなるまいぞ」

猿婆の見立てでも、双方の力量は五分と五分。求馬としては、再会せぬことを祈るしかない。

気のせいか風は弱まり、燃えさかっていた荷車の炎も消えかけている。

置き捨てられた駕籠の周囲には、屍骸《むくろ》や怪我人が点々と転がっていた。

こうした惨状を目にしたくないがために、志乃はあらわれなかったのだろうか。

気持ちもわからぬではないが、汚れ役を押しつけられるのは御免蒙《こうむ》りたい。

そもそも、このような役目を命じる室井作兵衛がまちがっている。

もちろん、まちがっていると断じたところで、逃げだすことはできない。

是が非でも旗本になり、千代田の御城へ出仕する。幼い頃からの夢をあっさり捨てるわけにはいかぬからだ。

「さあ、長居は無用じゃ」

猿婆に促され、求馬は血腥《ちなまぐさ》い惨状に背を向けた。

三

数日後、秋元家下屋敷。

釈然としないおもいを抱えながらも、死んでいった四人や浪人たちのことは忘れようとつとめた。いかに理不尽な密命であろうとも、やはり、今の自分には拒むことができないからだ。

求馬は三月《みつき》前まで千代田城の中之御門を守る持筒《もちづつ》組の同心《どうしん》だった。禄米は三十俵三人扶持《ぶち》。身分こそ低いものの、毎朝出仕してくる幕閣《ばつかく》重臣たちの様子を窺《うかが》うことはできたし、蒼穹《そうきゅう》に悠然と聳《そび》える富士見三重櫓《やぐら》をのぞんでは、中雀門《ちゅうじゃくもん》を潜って城勤めの役人になる夢を描いていた。

そんなあるとき、老中の秋元但馬守が腕の立つ番士を求めていると知り、千載《せんざい》一遇《いちぐう》の好機を逃すまいと覚悟を決め、剣術の申し合いに参じて勝ちあがり、およそ五百人からなる持組番士《もちぐみばんし》の頂点に立った。

われこそは番士一番の遣《つか》い手《て》、ほかの誰よりも忠義にあつい。などと、みずからの力を過信し、浮かれていたのかもしれない。

念願かなって秋元家へ仕えるようになったが、与えられた役目は「鬼役」とも称される毒味役の見習い。小豆《あずき》を箸で摘《つ》まんで笊《ざる》から笊に移したり、日がな一日鯛の尾頭付きと睨めっこをしたり、不忍池の池畔にある下屋敷でひたすら毒味修行を繰りかえす日々が待っていた。

片時も忘れられぬのは、人生の師と慕う南雲五郎左衛門の毅然《きぜん》とした物腰である。

膳奉行を長らく務めた南雲は、城内中奥《なかおく》の笹之間《ささのま》で毒を啖《くら》い、綱吉ばかりか御膳所に携わる者たちの命をも救った。毒のせいで盲目となり、綱吉から「唯一無二の鬼役」と惜しまれながら御城を去ってからは秋元但馬守に拾われ、選ばれし若侍たちへ毒味指南をおこなうようになった。

南雲には毒味のいろはのみならず、侍としてあるべきすがたを教えてもらった。そして、今から半月ほどまえ、求馬は南雲自身に請《こ》われ、悲運な最期に立ちあうこととなったのだ。

学問好きな綱吉が儒学を講義するべく、秋元家の下屋敷へ下向《げこう》していた。同じ頃、政《まつりごと》に不満を持つ浪人たちが暴徒と化し、綱吉の首を狙って下屋敷へと迫ってきた。前代未聞の出来事に、綱吉は慌てふためいたが、どれだけ浪人どもが数を揃《そろ》えても、公方の首を獲るのは難しい。

浪人たちは最後の一線を越える寸前で、精鋭の根来《ねごろ》持筒組に囲まれてしまった。もはや、命運も尽きたとおもわれたとき、南雲が綱吉の面前へ進みでた。「徳をもって浪人たちの命を救ってほしい」と懇願し、公方に諫言《かんげん》をおこなった臣下のけじめとして、みずからの腹を搔っ捌《さば》いてみせたのである。

死を賭《と》した南雲の訴えは綱吉の心を動かし、浪人たちの命は救われた。

だが、求馬は瀕死の師匠に請われ、介錯《かいしゃく》をおこなわねばならなかった。

「この手で……」

南雲五郎左衛門の首を落としたのだ。

求馬にとって、南雲は確乎《かっこ》とした寄《よ》る辺《べ》であった。誰よりも信頼を得たいと願っていた師匠の首を落としたのである。

食べ物も喉《のど》を通らぬほど落ちこんでいると、留守居の室井から「くよくよするな、五郎左衛門のはなむけじゃとおもえ」と叱られた。「天に与えられた試練じゃ」と諭されても、納得できようはずはなかった。

「お師匠さま……」

南雲の最期をおもいだせば、箸を持つ手が震えてくる。

それでも、どうにか一日の勤めを終え、求馬は下屋敷をあとにした。

暮れなずむ不忍池の汀《みぎわ》には、桔《き》梗《きょう》や女郎花《おみなえし》が咲きはじめている。日が短くなったせいか、花を摘む童女のすがたはみつけられない。

「名はたしか、凛《りん》であったな」

凛という名の童女が、南雲から汀に咲いた千振《せんぶり》を摘むように頼まれていた。千回煎《せん》じて振りだしても苦味の消えぬ千振は、胃痛を治す薬でもある。南雲は腹を壊した教え子に呑ませたいからと、凛に千振摘みを頼み、駄賃替わりに黒い丸薬を手渡していたのだ。

下谷練《ねり》塀《べい》小《こう》路《じ》の組屋敷へ帰ると、隣人で太《たい》鼓《こ》役《やく》同心の常《つね》田《た》松《まつ》之《の》進《しん》が暗い顔ではなしかけてきた。

「伊吹どの」

常田は喉仏を上下させ、これからはなす内容は覚悟を決めたうえで聞いてもらわねばならぬと態度でしめす。

「いったい、何があったのですか」

「鳩をな、殺《あや》めたそうじゃ」

「えっ」

何のことかわからず、求馬は首をかしげた。

「中之御門を守る持筒組のはなしじゃ。おぬしがおった組ゆえ、知りあいもおろう。水田《みずた》平内《へいない》どのと申す小頭《こがしら》におぼえはあろうか」

おぼえがあるどころか、直々の上役だった。母を病で亡くした際も世話になった。

「三日前の出来事じゃ。どうやら、水田組の不始末らしい」

「不始末にござりますか」

「さよう」

中之御門の軒裏に、重臣のひとりが鳩の巣をみつけた。鳩の糞で裃《かみしも》を汚されてはたまらぬゆえ、早急にどうにかせよと命じられ、水田組の新米同心が梯子《はしご》に上って鳩の巣を片付けた。翌朝、御門前で鳩の死骸がみつかったのだ。

「二羽か三羽とのことじゃ。されど、何羽であろうと、巣を失った鳩が死んだことにかわりはない。よって、巣を片付けた者ならびに片付けを命じた小頭は厳罰に処さねばならず、組頭《くみがしら》や持筒之頭の責も問わねばならぬとのお達しがあったそうじゃ」

「まことですか」

胸が苦しくなってくる。

水田は今、どうしているのだろうか。

組屋敷で謹慎を命じられていると聞き、求馬は即座に駆けだした。

四

幼少の頃から慣れ親しんだ同心長屋は、中山道《なかせんどう》に沿った本郷《ほんごう》三丁目の裏通りにある。

組紐《くみひも》の内職で暮らし向きを支える母とふたり、狭い長屋でつましい暮らしをつづけてきた。母が病で逝ったのは卯月《うづき》の終わりだが、今際《いまわ》に告げられた「おのれの信じた道を歩みなされ」ということばは、今でも耳から離れない。

　水田は母の死を誰よりも悲しんだ。妻子がありながらも、寡婦《かふ》の母を秘かに慕っていたらしく、通夜や葬儀でも深い悲しみを隠そうともしなかった。そうした経緯《いきさつ》もあってか、求馬は何となく遠ざけていたのだが、厳罰に処せられるかもしれぬと聞けば放っておくわけにはいかない。

　本郷の組屋敷に着いたのは、縄地《なわち》一面が薄闇に包まれた頃だった。

　勝手知ったるところゆえ、暗がりでも迷うことはない。さっそく水田の屋敷を訪ねてみると、固く閉ざされた表門に二本の丸太が×印に括《くく》りつけられている。

　軽い罪でないことは一目瞭然《いちもくりょうぜん》だった。

　求馬は脇道から裏へまわり、塀の欠けた箇所を探してよじ登った。

　みつかれば厳しく罰せられようが、最初から屋敷に潜りこもうと決めていた。本人と直《じか》に会い、事の真相や今の心境を聞いておかねばならぬとおもったのだ。それが恩を受けた相手への最低の礼儀であろう。侍ならば礼儀を失してはならぬと、亡き母にも厳しく躾《しつ》けられたではないか。

　求馬は中庭を突っ切り、母屋《おもや》の雨戸を一枚外した。

脱いだ草履を懐中に仕舞い、裸足で廊下に忍びこむ。

広い屋敷ではないので、主人が謹慎している部屋はすぐにわかった。

家人にみつからぬように注意を払いつつ、障子越しに灯明《とうみよう》が揺れる部屋のまえへ近づき、前触れもなく障子を開ける。

「あっ」

と、水田が声を漏らした。

あいかわらずの泥鰌《どじよう》顔だが、月代も髭も剃るのを禁じられているからか、窶《やつ》れきったようにみえる。

「求馬か……き、来てくれたのか」

驚いて発せられた台詞が、涙声で震えだした。

求馬は素早く膝を寄せ、畳に両手をついてみせる。

「ご無沙汰《ぶさた》しておりました。かようなときにお邪魔し、申し訳ござりませぬ」

「何を申すか。おぬしだけじゃ、罰せられるのを覚悟で来てくれたのはな」

求馬がうなずくと、水田は手の甲で涙を拭った。

「世間では何と言うておる。鳩を殺めて斬首《ざんしゆ》とは笑えぬはなしだと、口さがない江戸雀《すずめ》どもは嘲笑っておるのであろう」

「世間の噂など知りませぬ。隣人に伺《うかが》ったのです。鳩を死なせたという理由で、水田さまが厳罰になるやもしれぬと」

「それで駆けつけてくれたのか」

「それがしでよろしければ、胸の裡《うち》をお聞かせください」

「胸の裡か」

「無理強いはいたしませぬ。お嫌なら、そう仰ってください」

「いいや、ちょうどよかった。口惜《くちお》しいおもいを、誰かに聞いてもらいたかったのだ」

やはり、外には言えぬ事情があったのかとおもい、求馬は無言で耳をかたむける。

「そうだな……まず、鳩の糞を気にされたのは、若年寄《わかどしより》の稲垣対馬守《いながきつしまのかみ》さまであった。使いの御用人が番所へあらわれ、鳩の巣を早々に片付けよとご命じになったのだ。応じたのが新米の越川小四郎《こしかわこしろう》でな。わしが小四郎から相談されたのは四半刻《しはんとき》（三十分）ほどあとのことじゃった」

ともかくも越川小四郎と中之御門へ向かってみると、なるほど、軒下の端に鳩の巣らしきものがあった。御門を通過する際に邪魔にならぬ位置ゆえ、よほど注意を払っておらぬかぎり気づくことはなかろう。

稲垣は切れ者と評されているものの、噂では細かいところに目が届きすぎ、小うるさいところが毛嫌いされているという。鳩の巣に関しても、一度気になったら放っておけなくなったのかもしれない。

「早々に片付けよと命じられ、待てよとわしはおもった。生類憐みの令に照らしてみれば、勝手に鳩の巣を片付けるのはまずい。そこで、組頭の入江磯左衛門《いりえいそざえもん》さまにご相談申しあげたのじゃ」

「入江さまは何と」

鯔《ぼら》と綽名《あだな》された与力《よりき》の顔を頭に浮かべ、求馬は水田にさきを促した。

「鳩を殺めねばよいだけのこと。巣を片付けずに御門が鳩の糞だらけになるほうがまずかろうと、入江さまは仰せになった。それゆえ、小四郎に命じて巣を片付けさせたのだが、そのとき、妙なことに気づいてな」

「妙なこと」

「軒桁《のきげた》の一部に亀裂が生じておった。それで気づいたのだが、軒桁がやけに細かったのじゃ」

「えっ」

「念のため、ほかの御門も調べてみた。すると、中之御門の軒桁だけが細かった。しかも、高価な檜ではなく、杉が使われておった。ひょっとしたら、作事《さくじ》の不手際ではあるまいかとおもい、さっそく、その旨《むね》を入江さまに申しあげたのじゃ」

「入江さまは何と」

「その旨は御作事方《おさくじかた》のほうにあげておくと仰せになった」

中之御門の御門前で鳩の死骸がみつかったのは、そうした出来事があった翌朝のことだ。死骸をみつけたのは持筒組の番士ではなく、作事奉行の坪内刑部《つぼうちぎようぶ》が寄こした使いであったという。

「坪内さまの御使者にござりますか」

「名は忘れた。聞いたかどうかもおぼえておらぬ。金壺眸子《かなつぼまなこ》の痩せた男でな、今にしておもえば、あれは死に神だったのかもしれぬ」

「死に神」

御門前に鳩の死骸がみつかったことで大騒ぎになり、軒桁のことは取り沙汰されなくなった。

妙だなと求馬は感じたが、水田は気づいた様子もない。

「経緯はそんなところじゃ。されど、今は頭が混乱しておるゆえ、あれこれ考えることもできぬ」

「お察しいたします」

「お父上のはなしをしてもよいか」

水田に懇願され、求馬は仕方なくうなずく。

今から五年前、水田と同じ持筒組の小頭だった父の忠介《ただすけ》は腹を切った。盗賊《とうぞく》改《あらため》の手伝いに駆りだされた折、誤って野良犬を傷つけた組下の者が遠島《えんとう》になり、小頭として責を負ったのだ。「あっぱれ伊吹忠介」と周囲は褒《ほ》めたが、求馬は遺《のこ》された母とともに煮えきらぬおもいを抱いた。

「野良犬ごときのことで、何故、城門を守る番士が腹を切らねばならぬのか。おぬしはあのとき、あっぱれなどとは微塵《みじん》もおもわず、ただ、口惜しさだけを募らせたはずじゃ」

のちに野良犬を傷つけた事実はなかったものとされ、組下の者は無罪赦免《しゃめん》となり、伊吹家も改易《かいえき》を免《まぬか》れたが、求馬の気持ちはおさまらなかった。「文字どおり、犬死にであったな」と、父の死を愚弄《ぐろう》する者たちもいた。そうした連中を斬り捨ててやりたくなったが、気丈な母に「自重《じちょう》せよ」と諭されたのである。

「おぬしの怒りは、悪法をつくった御上《おかみ》へも向けられたはずじゃ。お父上のご無念も、遺されたおぬしの怒りも、今はわがことのように感じられる。みずからが裁かれる立場にならねば、世の理不尽がわからぬというはなしじゃ」

水田はくいっと顎《あご》を突きだし、落ち窪《くぼ》んだ眸子を瞠《みは》る。

「わしらは、直に鳩を殺めたわけではない。それゆえ、寛大な御沙汰が下されることを祈っておる。もっとも、わしのような年寄りはどうでもよい。小四郎が憐れでな。まだ二十歳《はたち》を過ぎたばかりなのじゃ」

三つ年下の越川小四郎とは挨拶を交わす程度の仲であったが、もちろん、知らぬ相手ではない。たしか、早くに父を亡くし、病がちの母とふたりで暮らしていたはずだ。境遇が似通っていたので、それとなく行く末を案じていたおぼえもある。

「おぬしに似て負けず嫌いでな、剣術の腕も立つ。おぬしが去ったあと、組を背負って立つ者として大いに期待をかけておった。それだけに口惜しゅうてな。鳩ごときで詰め腹を切らされては、お母上もたまったものではなかろう」

何とかしてやりたいと、求馬も心の底からおもった。

「御沙汰が下されるまで、どれほどの猶予《ゆうよ》があるのでしょうか」

「半月ほどじゃ。土壇《どだん》へ引かれる頃には、すっかり月代も伸びておろう」

力無く自嘲《じちょう》する水田平内を慰めることばはない。

黙って平伏《ひれふ》すと、水田は躙《にじ》りより、両手をがっちり摑む。

「求馬よ、かたじけない。おぬしの顔をみられたおかげで、生きる勇気が湧いてきおった」

たしかに、いくぶんかは生気を取りもどしてくれたようだ。

「水田さま、あきらめてはなりませぬぞ」

虚しい台詞かもしれぬが、言わずにはいられない。

求馬は後ろ髪を引かれるおもいで水田のもとを去った。

五

鳩の死骸をみつけたのは、持筒組以外の役人だった。

それはどう考えても、妙だと言わざるを得ない。中之御門を守る番士は朝の出仕が早いうえに、御門内の番小屋には宿直《とのい》もいるので、御門前に鳩の死骸があればまっさきにみつけていたはずだ。

みつけられなかったのは、鳩の死骸など最初から無かったからではあるまいか。

作事奉行の使者と名乗る「死に神」が番所へあらわれ、番士たちは通告された内容を鵜呑《うの》みにしてしまったのだ。御門前に捨てられていた死骸が細工されたものだったとすれば、中之御門の手抜きが露見してはまずいので、作事奉行が注意を逸《そ》らすために鳩の死骸を捨てさせたのではないかと、勘ぐりたくもなった。

ともあれ、描いた筋書きどおりなら、一縷《いちる》の希望もみえてくる。

手抜き作事の隠蔽《いんぺい》をあきらかにできれば、水田たちは罪に問われぬからだ。

作事方に問いあわせてみると、御城の各御門は順に修築や修繕をおこなっており、中之御門の修築は一年半前のことだという。

求馬は毎朝、中之御門に通っていた。

そう言えば、一時、御門の屋根が外されていたようにもおもう。

作事を請けおった大工なら事情を知っているにちがいないと考え、求馬はそれとなく作事方の同心から大工の名を聞きだした。

名は政八《まさはち》、日本橋《にほんばし》大鋸町《おがちょう》に住む大工の棟梁《とうりょう》である。

足労《そくろう》してみると、半丁四方にわたって割長屋《わりながや》を持つ家主でもあり、千代田城や大名屋敷の作事を数多く請けおっているためか顔がひろく、近所の連中からも頼りにされているようだった。

求馬は気後れを感じながらも、広々とした屋敷の敷居をまたいだ。

夕暮れに訪れたのが幸いし、若い衆に案内を請うと、奥から日に焼けた五十男が顔を出す。

「棟梁の政八か」

「へい、さいですが」

「御膳奉行支配同心、伊吹求馬と申す。棟梁にちと、聞きたいことがあってな」

「何でござんしょう」

「一年半前、御城の中之御門を修築したであろう」

「中之御門ですかい。へい、やらせていただきやした。それが何か」

「軒桁の材木がほかの御門と異なっておった。おぼえはないか」

ぴくっと、政八は片眉を吊りあげる。表情の変化を、求馬は見逃さなかった。

「主要な御門には檜を使うとも聞いた。されど、中之御門の軒桁には檜よりも一段劣る杉が使われておった。それに、桁はあきらかに細かった」

「旦那、あっしはしがねえ大工にごぜえやす。公方さまの御座所でもある御城の御作事となりゃ、使う材木に口なんぞ挟めねえ。ご差配の旦那から命じられたとおり、きっちり仕事をさせていただいた。それだけのことでごぜえやす」

「差配の旦那とは、誰のことだ」

「材木問屋の伊丹《いたみ》屋吉兵衛《きちべえ》さまで」

「材木問屋か、なるほど」

伊丹屋は霊岸島《れいがんじま》に店を構えているという。幕府から作事を請けおう以上、名の知れた材木問屋なのだろう。求馬は世情に疎《うと》いので、伊丹屋のことを知らなかった。

政八は眉をひそめる。

「御膳奉行ってのは、御毒味役のことですかい」

「そうだな」

「御毒味役の旦那が、どうして御作事のことを気になさるので」

聞かれた以上、正直にこたえるしかない。生真面目《きまじめ》な求馬は、元の上役が鳩を殺めた嫌疑で蟄居《ちっきょ》させられた経緯を説いた。

政八は黙って聞いていたが、仕舞いには渋い顔になる。

「あっしはお力になれやせん。御上の御作事にゃ、何ひとつ口を挟めねえ」

材木を選定する力はないし、与えられた材木を使って仕事をするしかない。政八が苦渋《くじゅう》の色を浮かべてみせた理由は、大工としての矜持《きょうじ》がそうさせたのだろう。安価な材木を使わざるを得なかった裏のからくりを知らぬはずはなかった。

とは言うものの、今は追及しても無駄のようだ。

頑《かたく》なに口を閉じる棟梁に礼を言い、求馬は屋敷をあとにした。

疑いは深まるばかりで、このまま伊丹屋へ向かおうとも考えたが、適当にごまかされる公算が大きいので止《や》めておいた。

脳裏に浮かんだのは、探索が得手《えて》な男の平目《ひらめ》顔だ。

下谷練塀小路の組屋敷へ戻ってくると、何とその男が板の間で待ちかまえていた。

「よう、しばらくぶりだな」

以心伝心《いしんでんしん》というしかない。

公人朝夕人《くにんちょうじゃくにん》、土田伝右衛門《つちだでんえもん》である。

土田家は代々公方の尿筒《しとづつ》持ちを担ってきたが、裏では秋元但馬守の命で隠密働きに勤《いそ》しんでいる。留守居の室井作兵衛から密命を受ける身でもあり、志乃や求馬とも浅からぬ因縁があった。

「膳に焼き鮭と山盛りの飯が置いてあったぞ」

常田松之進の妻、福《ふく》のつくってくれた夕餉《ゆうげ》であろう。独り身は何かとたいへんだろうからと、いつも差し入れをしてくれるのだ。

「食ったのか」

「ああ、美味《うま》かった」

「何だとおい、許さぬぞ」

「隣人の親切に甘えておるようではいかんな」

「他人の飯を食っておきながら、偉そうなことを抜かすな」

怒ってみせるや、腹の虫が情けなく鳴いた。

「くふふ、何処に行っておった」

「政八という大工のところだ」

「世話になった小頭を救いたいわけか」

「ん、どうしてわかる」

「おぬしのことなら、たいていはわかるのさ。矢背家のじゃじゃ馬娘にぞっこんだってこともな」

「何だと」

「ほれ、顔が紅《あか》くなった」

求馬は仏頂面《ぶっちょうづら》で草履を脱ぎ、板の間にあがって腰を下ろす。

平皿には鮭の骨しか見当たらないので、物欲しげに米櫃《こめびつ》の蓋《ふた》を開けてみた。空《から》である。米粒ひとつ残っていない。

「まあ、よいではないか。そもそも、独り身にしては贅沢《ぜいたく》すぎるのだ。ところで、わしの手を借りたいのではないか」

「何てこった」

そのとおりだが、口惜しいので黙っておく。

「中之御門でみつかった鳩の死骸、わしも妙だとおもったぞ」

「やはり、そうか」

求馬が身を乗りだすと、伝右衛門は「ふん」と鼻を鳴らす。

「あたりまえだ。おおかた、御作事奉行の指図で配下がやったのであろうよ」

「伊丹屋吉兵衛という材木問屋のことは存じておるか」

「知らぬはずがあるまい。元は金貸しの成金《なりきん》だが、いつのまにか材木問屋に転じた。御作事奉行の坪内刑部と懇意になってから、飛ぶ鳥を落とすほどの勢いでな。紀文の向こうを張っているのだと、廓などでみずから大口をたたいているようだ」

四年ほどまえ、甲府宰相《こうふさいしょう》が拝領する浜御殿《はまごてん》の改築を相場の半値で請けおい、世間にひろく名を知られたという。諸大名の勝手《かつて》は何処も火の車ゆえ、安価な作事を頼む者が徐々に増え、ついには幕府の勘定所《かんじようしよ》とも関わりを持ちはじめた。

大掛かりな作事や普請《ふしん》には入札《にゆうさつ》をおこなうが、あらかじめ費用の総枠は決められている。請けおわせる材木問屋もたいていは口利きで決まり、選定に際して大きな力を持つのは作事を直に差配する作事奉行なのだという。

「御上の作事を請けおうには、賄賂《まいない》の多寡《たか》がものを言う」

材木問屋は箔《はく》をつけるために、儲《もう》けを度外視してでも幕府の重臣たちに取り入ろうとする。坪内刑部もおそらく、伊丹屋から多額の賄賂を受けとった口にちがいない。

「もっとも、いつまでも儲け無しでは商売が成りたたぬ。御上との関わりをつづけようとおもったら、何らかの細工が必要になろう」

「何らかの細工」

「檜を杉に換えるとか、そういうことだ」

そのようなごまかしを、幕府の役人が見逃すはずはない。だが、役人も承知しているとすれば、はなしはちがってくる。

「若年寄の稲垣対馬守さまが鳩の巣をみつけられたせいで、おもいがけず作事方の不正が発覚しそうになった。それをごまかすために、非力な番士があらぬ罪を着せられたのだとすれば、酷《ひど》いはなしではないか。されど、もはや作事方の不正を証し立てする術《すべ》は失われたぞ」

「中之御門の軒桁を調べればわかることではないか」

求馬の指摘に、伝右衛門は首を振る。

「鳩の死骸がみつかった翌日、つまり、一昨日のはなしになるが、中之御門の屋根がそっくり入れ替えられた」

「えっ」

「軒桁も真新しい檜に交換されておったわ」

「……ま、まさか」

「さよう、敵は証しを消しにかかっておるようだ。ほかの御門や櫓でも、ここ数日で一斉に改築されだした箇所がある。調べてみれば、伊丹屋絡みの作事であったことが明らかになろう。不正が発覚すれば身の破滅ゆえ、作事奉行も必死なのさ」

「ぬう」

そこまで調べておきながら、おぬしはいったい何をしに来たのだと、求馬は血走った眼差しを投げつける。

伝右衛門は平然とこたえた。

「先だって、紀文が廓帰りに命を狙われたであろう。その件に伊丹屋吉兵衛が関わっておるやもしれぬ。おぬしにも念のために報《しら》せておけと、命じられてな」

「室井さまにか」

「ああ、そうだ。あのお方は、何もかもお見通しだ。おぬしの動きを案じておられる。むかしの知りあいを救うべく、当てずっぽうに動きまわられては困るそうだ。わるいことは言わぬ、縁の薄くなった連中のことはあきらめろ。蟄居《ちっきょ》の沙汰を下された者は、どう逆立ちしても助けられぬ。それくらいは、おぬしもわかっておろう」

わかってはいても、できるだけのことはしたい。それが人の情というものではないかと、求馬は怒鳴りつけてやりたかった。

「恐い顔をするな。おぬしも隠密の端くれなら、親しい者を失う覚悟を決めておけ。情けを捨てねば、将軍家の鬼役はつとまらぬ。お腹を召された南雲さまに、おぬしはいったい何を学んだ」

返すことばもない。

伝右衛門は「ご馳走さん」と言って立ちあがる。

こうなれば、室井作兵衛に直談判するしかなかろう。

水田平内たちが助かる手立てを考えてほしいと懇願するのだ。

六

室井作兵衛は好々爺《こうこうや》にみえるが、名うての策士にほかならない。しかも、杖《じょう》術《じゅつ》の達人で、求馬も脳天に不意打ちを喰らって昏倒《こんとう》させられたことがあった。

「わしに用件とは何じゃ」

不忍池北端の秋元屋敷で膝をつき合わせる機会は滅多にない。

求馬はこれまでの経緯を説き、秋元但馬守の力で番士たちを救ってもらいたいと必死に訴えた。

「中之御門を守る番士たちは、鳩を殺してなどおりませぬ。御作事奉行がみずからの不正を隠すために、さような濡《ぬ》れ衣《ぎぬ》を着せた疑いがござります。何卒《なにとぞ》、御老中のご差配をもって御作事奉行のご詮議《せんぎ》をお願い申しあげたく、室井さまからお殿さまへご上申《じょうしん》いただけませぬか」

「できるわけがない」

「えっ」

「身の程を考えよ。御作事奉行は職禄二千石《こく》の重き御役目、並びからすれば三奉行のすぐ下、下三奉行のひとりじゃ。確たる証しもなく、詮議などできようはずがあるまい」

「お待ちくだされ。罪もない番士たちに厳しい御沙汰が下されるようなら、大いなる過《あやま》ちとして後世に汚点を残すことになりましょうぞ」

「いったい誰が後世に汚点を残すというのじゃ。生意気なことを抜かすでない。それより、伊丹屋の調べはどうなっておる。伝右衛門から聞いておらぬのか」

「……い、いえ」

「歯痒《はがゆ》いやつめ。紀文が伊丹屋を疑っておるゆえ、調べよと申し伝えたはずじゃ」

「伊丹屋とはいったい、何者なのですか」

「たわけめ。それを調べよと申しておるのじゃ」

求馬が顔を顰めると、室井は舌打ちする。

「探索は得手ではないと言いたげじゃな。されば、おぬしに何ができる。わが殿の御ために、否、公方さまの御ために何ができるというのじゃ。ふん、刀を闇雲に振りまわすだけでは役に立たぬぞ」

「承知しております」

殊勝《しゅしょう》な態度をしめすと、室井は溜息を吐いた。

「詮方《せんかた》あるまい、ひとつだけ教えてつかわす。五年前、甲斐徳美《かいとくみ》藩を治めておった伊丹家が改易とされた。改易の理由をおぼえておるか」

「御当主の勝守《かつもり》公が御城内の厠《かわや》で自刃なされ、即刻、改易となったやに伺っておりますが」

「そうじゃ。勝守公は享年二十六であられた。乱心による御城内での自刃となれば、申し開きの余地はなかろう。御上意により、所領《しょりょう》は没収されて幕領《ばくりょう》とされたのじゃ」

伊丹家は下総相馬《しもうさそうま》郡に九千石の所領を有しており、甲斐山梨《やまなし》郡の所領は三千石にすぎなかった。だが、武田《たけだ》家の遺臣《いしん》でもあった縁から、虎の子の黒川金山《くろかわきんざん》を抱えていた。改易によって黒川金山は幕府のものとなり、勘定所などからしかるべき役人たちが派遣されたものの、金鉱はことごとく掘り尽くされたあとだったという。

「言い方はわるいが、大名家をひとつ潰《つぶ》したにも拘わらず、期待していた実入りは得られなんだ」

幕初の頃、黒川金山を筆頭に甲斐で産出される金は佐渡《さど》に匹敵するほどの量を誇っていた。苦しい台所事情を抱えた幕府は、最初から金山の占有を目論《もくろ》んでいたのかもしれない。

室井の言いまわしから、求馬はそのように勘ぐった。

「されど、大名家を潰してまで、目的を達しようとするはずはない。おぬしは今、そう考えておるのであろう。甘いぞ。勘定奉行の荻原近江守《おぎわらおうみのかみ》さまあたりなら、それしきのことはやりかねぬ。無論、証し立てはできぬがな」

室井はあきらかに、伊丹勝守の死に疑念を抱いている。勝守の死は自刃にあらず、何者かが自刃にみせかけたとでも言いたいのか。

「当て推量じゃ。五年もむかしの出来事ゆえ、調べようがない。どっちにしろ伊丹家は消え、幕府の御金蔵《おかねぐら》を潤すはずのお宝も手にできなんだ」

黒川金山は閉山とされ、甲斐の一角には「死の山」だけが残った。とりあえず一件落着となるはずであったが、とある商人が伊丹家改易に関わる一連の経緯に疑念を投げかけた。

「紀文じゃ。黒川金山からの収益を見込み、伊丹家に数万両の金を貸しておった。

それだけに、あきらめきれなんだのかもしれぬ」

伊丹家が改易となったあとも、紀文は伝手《つて》をたどって調べをつづけていた。何と言っても、黒川金山が枯渇《こかつ》したことに強い疑念を抱いているという。伊丹家への大名貸しをおこなうにあたって、みずから山師《やまし》を雇って金山を調べさせていたからだ。

「紀文はこのところ、何度か命を狙われた。五年前の真相を掘りおこしはじめてからじゃ」

「紀文は何故、伊丹屋を疑うのでしょうか」

一年前、伊丹屋は幕府の大きな作事を入札した。ところが、紀文の横槍によってご破算にされたのだという。

「爾来《じらい》、恨まれているのはわかっていたらしい。同じ土俵で闘っても、紀文とは勝負にならぬ。それゆえの妬《ねた》みもあるのじゃろう。つい先だって、吉原の妓楼で鉢合わせになった際には『浮かれておるのも今のうち、首を洗って待っておれ』と、面罵《めんば》されたそうじゃ。伊丹という屋号も何やら因縁めいておる。伊丹家が改易とされた件にも絡んでいるに相違ないと申してな、これといった裏付けはないものの、紀文の勘に狂いはなかろうと、わが殿も仰せになった」

「お殿さまが」

「そうじゃ」

秋元但馬守は若年寄だった頃、寛永寺根本中堂の作事奉行に任じられた。木材を調達したのは紀文で、そのとき以来、気心の知れる間柄となった。紀文を幕府の御用達に引きあげたのは老中首座の阿部豊後守だが、紀文は老獪《ろうかい》な阿部よりも義を重んじる秋元のほうに信をおいているはずだと、室井は主張する。

「わしに言わせれば、紀文は利に敏《さと》い古狸《ふるだぬき》じゃが、使える男でもあるゆえに死なれては困る。それにな、今さら言うまでもないが、秋元家の所領は甲斐にもある」

なるほど、秋元家の所領の半分近くが甲斐の東部にあたる都留《つる》郡一帯の一万八千石であった。所領が隣合わせだった伊丹家の悲劇は、けっして他人事《ひとごと》ではない。綱豊《つなとよ》公が治める甲府《こうふ》藩二十五万石の重臣たちからも、黒川金山の疑惑については早々にあきらかにせよと、再三にわたって突っつかれているらしい。

「伊丹屋の素姓を調べる理由が、これで少しはわかったであろう」

「はあ」

室井は意味ありげに、にやりと笑う。

「そちらの調べをすすめれば、御作事奉行との黒い関わりも炙《あぶ》りだされよう。不正の動かぬ証しさえあれば、悪党どもを裁きの場に引きずりだすのも吝《やぶさ》かでない」

　求馬の顔に、ぱっと光が射した。

「御作事奉行の悪事があきらかになれば、番士たちは罪を免れましょうか」

「そうならねば、おかしかろうな」

「室井さま」

「何じゃ」

「かたじけのう存じまする」

　求馬が嬉々《きき》として平伏すと、室井は渋い顔をつくる。

「容易《たやす》く人を頼るでない。まずは、おのれの力で何とかせよ。されど、覚悟しておけ。この調べ、一筋縄《ひとすじなわ》ではいかぬぞ」

「はっ」

「迷ったら、ひとりで動くな。動くときはかならず、公人朝夕人か、もしくは矢背家のじゃじゃ馬娘に助力を請うのじゃ」

「えっ、志乃さまに」

「嫌なのか」

「……い、いえ」

室井からは「紀文に頼まれたら、身を守ってやれ」と、最後に念押しされた。どう守ればよいのか、よくわからない。用心棒にでもなれというのだろうか。釈然としないことばかりだが、求馬は室井を見送り、みずからも部屋を出た。

急いで足を向けるべきは、紀文のもとである。

伊丹屋について、どのような些細《ささい》なことでも聞いておかねばなるまい。

七

杏色《あんず》の夕陽がかたむくなか、求馬は本八丁堀へやってきた。

幸運にも紀文は店におり、室井作兵衛の名を出すと、みずから奥の客間へ案内してくれる。

「ようこそ、お越しくだされました」

書院造りの十畳間には、高価そうな軸《じく》や香炉《こうろ》が飾られていた。

求馬は上座に導かれ、どうにも落ちつかない気持ちにさせられる。何しろ、相手は幕閣のお歴々や諸大名とも対等に渡りあう大商人なのだ。本来なら、御役を子に継承できるだけにすぎない二半場《にはんば》の御家人づれが約束もなしに会ってもらえる相手ではない。

それでも、当の紀文は意外にも腰の低い男だった。

「室井さまには、日頃からたいへんお世話になっております。伊吹さまもどうか、今後ともお見知りおきを」

吉原の大見世《おおみせ》を総仕舞いするような浮かれた男にはみえない。されど、福々しい顔で微笑みつつも、目だけは笑っていなかった。抜け目なく、こちらの人となりを見定めようとしているのだ。

恩着せがましくなるので、猿婆と囮になったことは触れずにおいた。

ふと、目にはいったのは、畳に長く延びた松影だ。

「名月や畳の上に松の影……ふふ、あれをご覧ください」

促されて振りかえると、床の間の壁に掛かった軸には畳に映る松影が描かれ、紀文が口にした俳句が綴《つづ》られている。

「宝井其角《たからいきかく》の詠《よ》んだ句にござります。庭に唐松が植わっておりましょう。ご覧の松影は夕陽によってできたものですが、月の光でもくっきりと浮かびます。つまり、其角はこの部屋であの句を詠んだのですよ」

「ほう」

「そして、この部屋で絵筆を走らせた絵師は、何を隠そう、多賀朝湖《たがちょうこ》にござります。ご存知のとおり、馬が疫病《えきびょう》を予言したと言いふらして公方さまのお怒りを買い、三宅島《みやけじま》へ島流しになりました。頭の固いお役人がその絵をみたら、不届き者と騒ぎたてるやもしれませぬ。されど、手前は朝湖のことを当代一の絵師とおもっておりますゆえ、軸を外すことなどできませせぬ」

さすが紀文、周囲に集ってくる者たちも一流だった。

もちろん、求馬が抱いたのは驚きだけではない。

いやが上にも、意志の強さが伝わってくる。

しかも、紀文は鋭く切りこみ、求馬に踏み絵を迫った。

「あの絵について、ご感想などを伺ってもよろしゅうござりますか」

「絵をみる目は持ちあわせぬ。されど、見事と申すしかない」

「朝湖をお認めくださると」

「無論だ。絵は嘘をつかぬ」

いかなる罰を受けようとも権威に抗《あらが》う反骨心《はんこつしん》、それこそが絵師に求められる資質ではあるまいかと、求馬は心の底からおもった。その気持ちを「絵は嘘をつかぬ」という台詞に込めたつもりだが、どうやら通じたらしく、紀文は満足そうに微笑んだ。

「さすが、室井さまの見込んだお方、聡明《そうめい》であられる」

「買いかぶられては困るな」

絵のはなしはさておき、本題にはいらねばならぬ。

「さっそくだが、室井さまによれば、伊丹屋吉兵衛なる者から命を狙われておるとか」

「よくぞ、お尋ねくださりました。仰せのとおり、かの御仁《ごじん》には困っております。商売のうえでも、何かとちょっかいを出してまいりまして」

「なるほど」

同業の幕府御用達ではあるものの、大関が幕下を相手にしてもはじまらぬと、最初のうちは受けながしていたらしい。ところが、紀文の向かう先々にあらわれては、何やかやと邪魔をするのだという。

「殺意のようなものまで感じましたゆえ、まことに厚かましいお願いながら、秋元但馬守さまにご相談申しあげたところ、危うそうなときは身を守ってつかわすと、お力強いおことばを頂戴いたしました」

天下の老中に身を守ってもらうことができる商人は、おそらく、紀文くらいしかおるまい。

「伊丹屋は五年前に改易とされた伊丹家に縁があると、室井さまに告げたそうだが、何らかの裏付けがあってのことなのか」

「裏付けではなく、勘にございます」

「勘か」

驚いた顔をすると、紀文は目を細めた。

「はい。伊丹屋のごとき男とは、以前にも会ったことがございました」

「ほう、どのような相手だ」

「山師にございます」

「山師とは、金鉱探しを生業《なりわい》にする連中のことか」

「いかにも。伊丹屋が山師だったと仮定すれば、四年前に忽然《こつぜん》と江戸にあらわれ、あれよというまに御上の御用達に成りあがった理由も解くことができましょう」

求馬は首を捻《ひね》った。

「どう解くのだ」

「伊丹屋ごときが頭角をあらわすためには、金の力を借りるしかありませぬ」

すでに四年前、伊丹屋はまとまった金銭を蓄えていた公算が大きいと、紀文は確信をもって言う。

「そこで、伊丹家の改易にも関わっていたのではないかと」

「山師ごときが改易に関わったと申すのか」

前のめりになる求馬を、紀文はゆったりと受けながす。

「黒川金山には、御上も容易にはみつけられぬ秘密の鉱脈があった。手前は、そう睨んでおります。鉱脈を探しあてれば、秘かに独り占めしたくなるのが人の情と申すもの」

鉱脈の利権に群がった連中の策謀によって、伊丹家当主の勝守公は命を奪われたのかもしれぬと、紀文はおおやけにはできぬようなはなしを口にする。

求馬は動揺しつつも、冷静さを装った。

「ひょっとして、伊丹屋が秘密の鉱脈を掘り当てたと」

「いかにも。慣例からいけば、その旨を藩のしかるべき筋に告げ、藩と山師で儲けを折半《せっぱん》しなければなりませぬ。ところが、そうはならず、ご当主の不審な死によって、すべてがうやむやにされた」

当主の不審死から改易にいたる出来事には、伊丹家の重臣だった者はもちろん、幕府側の役人も関わっていたにちがいないという。

紀文はおそらく、利権に群がった悪党どものことを喋《しゃべ》っているのだろう。

いずれにしろ、求馬は耳を疑うしかなかった。

「ちと、口が滑りましたな。あくまでも当て推量にすぎませぬゆえ、聞かなかったことにしていただきたい。ただ、まんがいち、勝守公が何者かに謀殺《ぼうさつ》されたのだとすれば、山師あがりの伊丹屋なんぞには手の下しようもござりませぬ。かような大それた謀事《はかりごと》を描いた者は、別におりましょう。黒川金山から甘い汁を啜《すす》りたい連中が、御上のほうにもおらねば筋が通らぬとおもったまでにござります」

求馬はおもわず、声を張った。

「いいや、おぬしは何か隠しておる。確かな裏付けがなければ、そこまでの筋は描けぬはずだ」

紀文は黙りこみ、遠い目をしてみせる。

しばらくすると、おもむろに口をひらいた。

「手前は、勝守公をよく存じあげております。聡明なお殿さまであられました。

乱心して自刃なさるなど、まかりまちがってもござりませぬ。かえすがえすも口惜しいのでござります。ここだけのはなし、できることならば仇《かたき》を討ってさしあげたい……あ、いや、初めてお目に掛かる伊吹さまに申しあげるはなしではござりませぬ。されど、伊吹さまの面影がどことのう、勝守公に似ておりましてな。それゆえ、戯《ざ》れ言《ごと》が口を突いて出てしまったのやもしれませぬ。すべて、お忘れくださりますよう」

「そうはいかぬ。隠しておることがあれば、はなしてもらえぬか」

「ご容赦を。なるほど、手前は伊丹家に数万両をお貸し申しあげておりました。それゆえ、ほかでは知り得ぬ秘密を知っているのではないか。さように勘ぐるお方もおられます。まさしく、伊丹屋なんぞも手前の動きが気になって仕方ないのでしょう。おのれらのやった謀事を、紀文が探りだそうとしているのかもしれぬ。それならば、紀文の口を封じるしかない。まんがいちにも、さように考えているのであれば、伊丹屋の背後にはかならずや、黒幕がおりましょう」

黒幕にとって、紀文は探られたくない肚を探ろうとする不都合な人物にみえるのだろうか。

「いったい、黒幕とは誰なのだ」

求馬が執拗《しつよう》に食いさがっても、紀文もそこまでは告げてくれなかった。

やはり、自分で調べ、探しださねばならぬというのか。

「伊吹さま、何卒よろしくお願い申しあげまする」

頭をさげられても、探索の道筋はみえてこない。

求馬は焦りだけを募らせ、紀文のもとを去るしかなかった。

八

はなしが大きくなりすぎて、頭の整理がつかない。

急いでやらねばならぬことは、五年前の謀事を暴くことではなく、鳩を殺めたとされる水田平内らの濡れ衣を晴らすことだ。そのためには、手抜き作事の真相をあきらかにし、姑息《こそく》な手を使って番士を罠《わな》に嵌《は》めた証しを摑《つか》まねばならぬ。

鍵を握るのは伊丹屋吉兵衛だが、室井や紀文のはなしからすると、伊丹屋の背後には容易ならざる巨悪の影が見え隠れしており、室井から課された探索が水田らを救うことと結びつくかどうかは定かでなかった。

だが、今のところ、伊丹屋を探る以外に手はなさそうだ。

室井に言われたとおり、伝右衛門に助っ人を求めたかったが、公人朝夕人は公方の側《そば》に侍《はべ》らねばならぬため、明るいうちは千代田城内で過ごす。こちらから連絡を取る方法も知らぬため、仕方なく市ケ谷御納戸町《いちがやおなんどまち》にある志乃の屋敷を訪ねることにした。

今でも、志乃と初めて出会ったときの衝撃が忘れられない。凛々《りり》しい細眉に黒目がちの大きな眸子、頭巾をかぶった男装の志乃に薙刀《なぎなた》で斬りつけられた。斬られたとおもって首を縮めるや、志乃は「本気でこぬか」と眸子を怒らせたのだ。

「痺《しび》れたな、あのひと言」

一瞬で魅了された。あのとき以来、志乃に振りむいてほしいと願いつづけ、あわよくば矢背家に婿入りしたい、などと考えている。

そもそも、矢背家は比叡山《ひえいざん》の麓《ふもと》に居を構える山里の長《おさ》であった。志乃は首長の家を継ぐべき身分の高いお方なのだと、猿婆にもたしなめられた。家屋敷の神棚には、前髪をさげた童子像が祀られている。八瀬童子は閻魔《えんま》大王の輿《こし》を担ぐ鬼の子孫であり、前髪の童子像は都を逐《お》われて大江山《おおえやま》に移り住んだ酒呑《しゅてん》童子らしかった。

都人《みやこびと》から忌避《きひ》された鬼とは、禍《わざわい》の象徴にほかならない。ところが、八瀬童子は鬼の子孫であることを誇り、代々、酒呑童子を祀ってきた。歴史を繙《ひもと》けば、都人の弾圧から免れるために世を忍び、比叡山に隷属《れいぞく》する寄人《よりうど》となって、延暦《えんりやく》寺《じ》の座主《ざす》や皇族の輿をも担ぐ力者《りきしゃ》の役目に就いた。戦国の御代には禁裏《きんり》の間諜《かんちょう》となって暗躍し、絶頂期の織田信長《おだのぶなが》さえも「天皇家の影法師」と呼んで恐れたという。

猿婆は「近衛《このえ》公に庇護《ひご》された由緒正しき出自なのじゃ」と胸を張ったが、あらためて考えてみれば、どうして「由緒正しき出自」の志乃が江戸で隠密まがいの役目に勤《いそ》しんでいるのかわからない。しかも、将軍家の毒味役を家業に選んだのは、志乃自身だという。その理由を訊《き》いてみたいと、以前からおもっていた。

求馬は歯を食いしばり、急勾配の浄瑠璃《じょうるり》坂を駆けのぼった。

幼い頃から、坂道を目の前にすると、駆けださずにはいられなくなる。

夕陽に照らされた額に光る汗を拭い、緊張した面持《おもも》ちで御納戸町の裏道へ向かった。

先日訪ねたとき、志乃は裏庭で風見新十郎《かざみしんじゅうろう》相手に打ちあい稽古をしていた。優男《やさおとこ》の風見は剣の腕が立ち、伝奏《てんそう》屋敷に出入りする御家人でもあった。猿婆に

「風見さまは矢背家の婿にいちばん近い」と言われ、猛烈な嫉妬《しっと》を抱いたのをおぼえている。

「やっ、せいっ、とあっ」

志乃の掛け声が聞こえてきた。

裏庭にまわり、垣根越しに覗《のぞ》きこむ。

「おひとりか」

ほっと、安堵の溜息を漏らす。

風見やほかの稽古相手はおらず、志乃はひとりで素振りをしていた。

真剣な横顔は凜々しく、飛び散る汗さえも煌《きら》めいてみえる。

「狼藉者《ろうぜきもの》め」

突如、誰かに叱責《しっせき》された。

振りむかずともわかる。猿婆だ。

「何しにまいった」

こたえられずにいると、猿婆は目線を外す。

志乃がこちらに気づき、手拭いで汗を拭きながらやってきたのだ。

「誰かとおもえば、おぬしか」

「ご無沙汰しております」

「無沙汰でもあるまい。室井さまに伺ったが、おぬし、京《きょう》で生まれたそうじゃな」

「えっ、まあ、そのようです」

唐突に問われ、求馬はどぎまぎする。

志乃は眉間《みけん》に皺を寄せた。

「何じゃ、その言いまわしは」

「京で生まれたことは、母が亡くなる少し前に知りました」

「ふうん、そうであったか」

物心ついた頃、求馬は江戸にいた。三つのとき、父と母はそのとき京都所司代に任じられていた稲葉丹後守《いなばたんごのかみ》に救われたのだという。父はそもそも幕臣ではなく、地下官人《じげかんじん》の外記方《げきかた》に属する内舎人《うどねり》をつとめていた。内舎人とは京都御所を警邏《けいら》する役で、身分はさほど高くないが、天皇家に仕える歴とした役人にほかならない。

一方、母は五摂家《ごせつけ》筆頭の近衛家に仕える賄《まかな》い方の女官《にょかん》であった。

近衛家と聞き、志乃は身を乗りだす。

「まことか、それは」

「ええ、母がはっきり申しました」

両親は近衛家当主の基熙《もとひろ》が左大臣《さだいじん》のときに知りあい、夫婦《めおと》となることを認めてもらった。ところが、近衛家の後ろ盾だった後水尾《ごみずのお》法皇が崩御《ほうぎょ》すると、親政をはじめた霊元《れいげん》天皇から基熙は位こそ上がったものの冷遇され、近衛家に関わりのある者たちもすべて御所から遠ざけられてしまった。

「父も内舎人の役を解かれ、御所の外へ放逐《ほうちく》されたそうです」

近衛家に奉公人の面倒をみる余裕はない。途方に暮れていたやさき、常から目を掛けてもらっていた稲葉丹後守に、出自を隠したうえで幕臣にならぬかと誘われた。丹後守は御所内で、徳川家に恨みを持つ刺客《しかく》から襲われたことがあった。そのとき、そばを警邏していた父に救われ、九死に一生を得ていた。

「稲葉さまは、父に助けられたことに恩を感じておられたそうです」

父と母はその日の糧《かて》にも困っており、恥を忍んでことばに甘えるしかなかった。母が亡くなる少し前まで氏素姓を黙っていたのは、御所や近衛家に仕えていたことを忘れるためであった。徳川家のために尽くすと誓った父の気持ちを無にしたくなかったらしい。

母から突然の告白を受けて、求馬は戸惑った。京の都については何ひとつおぼえておらぬし、御所や天子《てんし》や近衛家などと言われても他国のはなしでしかない。だが、自分の根っ子が何処にあるのかは、侍にとってきわめて重要なことだ。母はみずからの死を予感し、求馬に出生の秘密を伝えねばならぬと決心したのであろう。

志乃は顔をぐっと近づける。

「そのとき、お母上は何と仰せになった。おぬしに向かって、指針となるべきおことばをお授けになったはずじゃ」

「『徳川家への忠義よりも大切なことがある。それは救っていただいた恩人への感謝を忘れぬことじゃ』と、さように申しました」

「なるほど」

志乃は感銘を受けたのか、何度もうなずいてみせる。

もしかしたら、京の都をおもいだしているのかもしれない。志乃と少しでも縁が繋《つな》がれば、それはそれで嬉しかった。

だが、すかさず釘を刺された。

「京で生まれたというだけで、心を許すとおもうなよ。ふん、それで、わたしに何の用じゃ」

「じつは、志乃さまにご助力いただけないものかと」

求馬は持筒組の番士たちが鳩殺しの濡れ衣を着せられた経緯を説き、その真相を暴くためには伊丹屋吉兵衛の素姓を調べねばならぬと告げた。猿婆ならば、伝右衛門と同等かそれ以上の役割を果たしてくれるはずだ。志乃にひとこと命じてもらえればと、求馬は期待した。

「おぬしに下された指図であろう。わたしに手伝う理由はない。それと、公人朝夕人の連絡先も知らぬ。どうしても連絡が取りたいなら、伝奏屋敷に風見新十郎を訪ねるがよい。あの者ならば存じておろう」

「風見どのが」

「どうした、不満げじゃな。もしや、風見のことが嫌いなのか」

「いいえ、さようなことは」

「ならば、訪ねるがよい。さきほどまで、ここにおったのだぞ」

「えっ、まことですか」

「そうじゃ。のう、猿婆」

「はい。そう言えば、風見さまも、鳩殺しのことをはなしておられました。鳩の死骸を捨てたのは、十中八九、御作事方の連中であろうと。御作事奉行の坪内刑部なる者、狡猾《こうかつ》な狐《きつね》のごとき男だとか」

「ほほう、おもしろい。風見どのは、何でもよくご存知じゃ。誰かさんとは、ずいぶんちがう」

「室井さまも、風見さまには一目置かれておられます。御家人にしておくには惜しい男だとも仰いました」

「ふうん、さようか」

志乃は興味なさそうに漏らす。それが、せめてもの救いだ。

胸の裡には嫉妬が渦巻き、求馬は自分を失いかけている。

志乃は木刀を上段に構え、ふたたび、素振りをはじめた。

「やっ、せい、とあっ」

気合いの籠《こ》もった掛け声が、耳に虚しく響いてくる。

「去るがよい」

猿婆に叱責され、求馬は垣根に背を向けた。

九

口惜しいので風見のもとへは向かわず、求馬はその晩から霊岸島に店を構える伊丹屋を張りこんだ。

動きがあったのは三日目の夜、伊丹屋吉兵衛を乗せた駕籠は深川《ふかがわ》の永代寺《えいたいじ》門前《もんぜん》仲町《なかちょう》へ向かった。たどりついたのは一の鳥居を潜ったさき、馬場通《ばばどおり》に面した『茜屋《あかね》』という料理茶屋である。

夜空には丸い宵月《よいづき》があり、赤味を帯びた月を眺めていると、見世の入口から出迎えの人影がのっそりあらわれた。

あっと、求馬は声をあげそうになる。

縦も横もある大きな人影は、吉原の帰路で囮の駕籠を襲った二刀流の浪人者にちがいなかった。

「あやつめ」

駕籠の垂れを片手で持ちあげ、降りてきた伊丹屋を入口へ導く。

巨漢の浪人が悪徳商人の子飼いであることは一目瞭然。やはり、紀文の勘は当たっていた。浪人どもに駕籠を襲わせたのは、伊丹屋吉兵衛なのだろう。それが確かめられただけでも、尾行した甲斐はあった。

伊丹屋と巨漢が見世に消えても、しばらくは通りを挟んだ物陰から入口を見張りつづけた。すると、ふたりの月代侍に守られた駕籠があらわれ、太鼓腹の突きでた偉そうな人物が降りてくる。

頭巾をかぶっておらず、遠目からでも顔つきはわかった。

「あれは」

作事奉行の坪内刑部にほかならない。

中之御門を守っていた頃、何度か目にしたことがあった。もちろん、作事奉行が特定の材木商から金品を受けとることは許されず、料理茶屋で接待を受けるのも法度《はっと》に触れる。さすがに、その程度はわきまえているのか、坪内は袖で顔を隠しながら足早に消えていった。

さらに時をおかず、三挺《ちょう》目の駕籠が滑りこんでくる。

従者はひとり、俯《うつむ》いているせいか、風貌はよくわからない。

駕籠から降りてきた主人は、頭巾ですっぽり顔を隠している。

遅れてきたせいもあるのか、坪内よりも偉そうな印象を受けた。

恰幅《かっぷく》のよい頭巾の人物は、痩せた従者ともども見世のなかへ吸いこまれていった。

「三人の悪党か」

おおかた、膝詰めで悪事の相談でもするのであろう。

すだく虫の音を聴きながら、一刻《いっとき》（二時間）余りが経過した頃だった。

表がにわかに騒がしくなり、駕籠が一挺だけ入口に近づいてきた。

駕籠かきは三人おり、手替わりが提げた提灯には『江戸勘』とある。

何処かで目にした屋号だが、すぐにはおもいだせない。

ふたりの月代侍に先導され、作事奉行の坪内刑部が赭《あか》ら顔であらわれた。

「御奉行さま、今宵はわざわざお越しいただき、かたじけのうござりました」

後ろで追従《ついしょう》笑いを浮かべるのは、見送りに出てきた伊丹屋だ。

頭巾の男は見世に留まっており、坪内だけがさきに帰るらしい。

坪内は伊丹屋の肩を親しげに叩き、身を屈《かが》めて駕籠に乗りこむ。

伊丹屋は深々と頭をさげ、ゆっくりと動きだす駕籠を見送った。

求馬は迷ったあげく、物陰に隠れたままやり過ごす。

見世の入口に目を移した。

伊丹屋が消えるのと入れ替わりに、巨漢の浪人が飛びだしてくる。

どうしたわけか、坪内の乗った駕籠を追いかけはじめた。

求馬も物陰から離れ、駕籠を追う巨漢の背中を尾行する。

心ノ臓《しんぞう》がどきどきしてきた。

味方同士のはずなのに、何故に駕籠を追いかけるのか。

不穏な空気が渦巻くなか、作事奉行を乗せた駕籠は一の鳥居を潜り、深川黒江《くろえ》町《ちょう》の大路を西へ向かう。

行く手には堀川《ほりかわ》が流れ、八幡《はちまん》橋という木橋が架かっていた。

のんびりと進む駕籠を巨漢が追いかけ、さらに求馬が後ろから慎重に尾行する。

駕籠は八幡橋へ差しかかり、なかほどまで進んだあたりで、ふいに動きを止めた。

「何やつじゃ」

月代頭の従者が叫んでいる。

何者かに行く手を阻まれたらしい。

「物盗りか」

「問答無用」

短いやりとりが聞こえ、従者たちは白刃を抜いた。

駕籠かきは駕籠を捨て、一目散に逃げてしまう。

求馬は焦《じ》れた。

様子を窺うには、前を行く巨漢を追い越さねばならない。

それでも、月明かりに鈍く光る白刃はみえた。

——きいん。

金音につづき、従者のひとりが欄干《らんかん》の向こうに落ちる。

「うわああ」

叫び声につづき、水飛沫《みずしぶき》が立ちのぼった。

「ちっ、失敗《しくじ》りおって」

ゆったり歩いていた巨漢が猛然と駆けだす。

情況を把握できぬまま、求馬も背中を追いかけた。

「こっちじゃ」

巨漢が吠え、腰の大小を抜きはなつ。

振りむいた従者を一刀両断にし、かたわらの駕籠を蹴りたおした。

「ふぇっ」

作事奉行の坪内が、倒れた駕籠から転がりでた。
太鼓腹を引きずり、這々《ほうほう》の体《てい》で逃れようとする。
巨漢が大股で近づいた。
「うわっ、待て。うぬは、岩城《いわき》ではないか。何故じゃ、何故、うぬがわしを
……」
どうやら、顔見知りのようだ。
坪内の声は掠《かす》れ、最後のほうは途切れてしまう。
「命乞いは聞かぬ。ふふ、冥途《めいど》へ逝け」
岩城と呼ばれた巨漢は右腕を伸ばし、大刀の先端を坪内の腹に刺した。
「ぬぐ……ぐぐっ」
鋭利な刃は脂身《あぶらみ》を貫き、背中から一尺近くも飛びだす。
坪内は片手で宙を摑み、呆気《あっけ》なくも絶命してしまった。
岩城は屍骸の顔を踏み、根元まで刺した刀を引き抜く。
ずぽっと刃が抜けた途端、夥《おびただ》しい血飛沫が上がった。
袖口に返り血を浴び、岩城は顔をおもいきり顰《しか》める。
四角い顎を持ちあげ、鼻先に呆然と立ちつくす若侍を睨みつけた。

橋のうえで待ちぶせし、従者のひとりを堀川へ落とした相手だ。

「あっ」

と、求馬は叫んだ。

ひょろ長い体軀《たいく》の若侍を知っている。

持筒組の越川小四郎であった。

「小四郎」

駆けながら、求馬は名を呼んだ。

岩城は気づかず、二刀を提げて越川に襲いかかる。

「死ね」

上段の片手斬りを、越川は十字に受けた。

——がつっ。

つぎの瞬間、脇差《わきざし》のほうで胸乳《むなぢ》を斬られる。

——ばすっ。

斬られた勢いに抗えず、どさっと尻餅をついた。

「とどめじゃ」

岩城が大きく踏みだし、右手一本で大刀を振り翳《かざ》す。

「待て」

そこへ、求馬が躍りこんだ。

「何じゃ、おぬしは」

振りむいた岩城が、右手で袈裟懸けを繰りだす。

仰《の》け反《ぞ》って躱《かわ》すや、左手から水平斬りがきた。

求馬はすでに、二刀流の太刀筋《たちすじ》を見切っている。

「ふんっ」

踏みこんで身を沈め、逆《さか》しまに胴斬りを見舞った。

——しゅっ。

茶花丁子乱《ちゃかちょうじみだれ》の刃文《はもん》が煌めく。

法成寺国光の斬れ味は鋭い。

「ぬがっ」

岩城は胸を押さえ、蹌踉《よろ》めきながら欄干まで後退する。

求馬は右八相《はっそう》に構えなおし、低い姿勢で迫った。

「くっ、おぼえておれ」

岩城は捨て台詞を吐き、さっと袖をひるがえす。

そして、欄干の向こうへ消えた。

——ばしゃっ。

堀川から、ひときわ大きな水柱が立ちのぼる。

欄干から身を乗りだしても、川面《かわも》は暗すぎて何もみえない。

河原のほうに目をやると、さきに落ちた従者らしき人影が蠢《うごめ》いていた。

求馬に追捕《ついぶ》する気はない。

案じられるのは、斬られた小四郎のほうだ。

駆けよって肩を抱き起こすと、小四郎は薄目を開けた。

傷口を調べてみると、幸い致命傷ではなさそうだ。

素早く帯を解き、きつく胸を縛って血止めを施す。

「……い、伊吹さま」

小四郎は情けない声を漏らした。

「……ど、どうして、ここへ」

それはこっちが聞きたいことだ。

「黙っておれ」

「……は、はい」

潤んだ眸子から、止めどなく涙が溢《あふ》れだす。

求馬は小四郎を立たせ、肩を貸して歩かせた。

蟄居を命じられた越川小四郎が、何故、ここにいるのか。何故、作事奉行を闇討ちにせねばならぬのか。いったい、誰に命じられたのか。

問いがつぎつぎに浮かんだが、事情を聞くのは落ちついてからでよかろう。

捕り方の目を避けるべく、今は一刻も早く惨状から遠ざかるしかない。

咳《せ》きこむ小四郎を引きずるように、求馬は八幡橋から離れていった。

十

翌十五日は放生会《ほうじょうえ》、亀や鰻《うなぎ》を川へ放つよりもさきに、越川小四郎が刺客となった事情を質《ただ》さねばならぬ。

求馬は傷ついた後輩を見捨てるわけにいかず、本郷《ほんごう》の組屋敷に運んで朝までつきあった。病がちの母は心配したが、事情も聞かずに息子の看病をつづけた。そのおかげもあってか、小四郎はひと晩眠っただけで快復の兆しをみせ、褥《しとね》に横たわったままではあったが、作事奉行を襲う刺客となった経緯を訥々《とつとつ》と喋りはじめた。

「昨夕、とある人物が家に忍びこんでまいりました」

金壺眸子で瘦せており、喩《たと》えてみれば「死に神」のような男だ。一度目にしたら忘れられない。鳩の死骸をみつけ、番所まで告げにきた作事奉行の使者にちがいなかった。

「家に闖入《ちんにゅう》してきたことを詫び、青沼佐太夫《あおぬまさだゆう》と名乗りました。それがしが呆気に取られていると、命を救ってやろうと申します。言うとおりにしたら、命を救うどころか、立身出世も夢ではない。母上もきっと喜んでくれるはずだし、どっちにしろ、今のままでは厳罰に処せられるだけの運命《さだめ》だ。どうせなら騙《だま》されたとおもって、はなしに乗らぬかと誘われ、ついうっかり」

気づいてみれば、八幡橋のうえに立っていた。

青沼に命じられた役目は闇討ちである。

「殺める相手は不正な方法で私腹《しふく》を肥やす極悪人というだけで、正体は知らされておりませんでした」

やがて、狙うべき駕籠がやってきた。もちろん、冷静でいられるはずもなく、無我夢中で従者のひとりに斬りかかった。ところが、鍔迫《つばぜ》り合いとなり、相手を橋の欄干まで追いつめ、堀川へ蹴落としてしまったのだという。

「なるほど、経緯はわかった」

求馬はうなずき、冷静な口調で問うた。

「二刀流の巨漢におぼえは」

「ござりませぬ」

「されば、岩城という姓におぼえはないか」

「はて。ほかに刺客がおろうとは、想像もしておりませんでした」

「岩城はおぬしを知っていたようだぞ」

「えっ、そうなのですか」

求馬はしっかり聞いていた。

岩城は『失敗りおって』と吐きすて、みずから大小を抜いたのだ。

「青沼はおぬしの力量を知り、刺客に使おうと決めた。されど、失敗るかもしれぬと考え、念のために子飼いの岩城を差しむけた。それだけではない。おぬしに汚れ仕事をさせたあと、口を封じるつもりだったのかもしれぬ」

「そんな」

「狙った駕籠の相手が誰か、気づいたか」

「御作事奉行の坪内刑部さまにござります」

闇討ちを命じた青沼佐太夫は、坪内の配下のはずだ。配下が上役の首を獲《と》ったとなれば、極刑は免れない。

「頭が混乱しております」

「わしもだ」

早急に確かめるべきは、青沼佐太夫なる人物の素姓であろう。まんがいち、作事方におらぬとなれば、鳩の死骸をみつけた一連の出来事が虚偽であることの証しになるかもしれない。

「されど、御番所で青沼どのを目にしたのは、それがしと小頭の水田さまだけにござります。それゆえ、青沼佐太夫が偽者《にせもの》であるかどうかの証し立ては難しいかと」

「そうだな……待てよ、料理茶屋の入口で見掛けたなかに、青沼佐太夫と名乗る者がおったかもしれぬ」

おぼろげな記憶のなかに浮かびあがったのは、三人目の偉そうな頭巾侍に随行していた従者だった。俯いていたので面相ははっきりとせぬが、小四郎の言う「死に神」という喩えがぴったりの陰鬱《いんうつ》さを秘めていたようにおもう。

いずれにしろ、岩城なる二刀流は伊丹屋か青沼佐太夫なる者の子飼いであろう。双方が共謀し、作事奉行の坪内刑部を闇討ちにしたのだ。

されど、と求馬は首をかしげる。

坪内が死ねば、伊丹屋は痛手のはずだ。何せ、裏で手を結び、あくどいやり方で幕府の作事費用をちょろまかしてきたのである。新たな作事奉行とのあいだで、同様の不正をおこなうことは難しかろう。

「何故、御作事奉行の命を奪ったのか」

求馬は独り言《ひとご》ち、じっと考えこむ。

伊丹屋はおいしい儲けを失っても、坪内との腐れ縁を切らねばならなかった。ひょっとしたら、水田が作事の手抜きを指摘したことがきっかけになったのかもしれない。調べが進み、不正があきらかになれば、伊丹屋も厳罰を免れなくなる。背に腹は替えられぬと考え、坪内に見切りをつけた。

あるいは、作事の手抜きとは別の事情が露見するのを恐れたのかもしれぬ。伊丹屋がみずから決断したのか、青沼佐太夫や頭巾侍の指図でそうしたのか、いずれにしろ、坪内刑部を亡き者にせざるを得ない差し迫った事情が生じたのだろう。

「伊吹さま」

　小四郎は褥から抜けだし、畳に両手をついた。

「それがしが浅はかにござりました。得体の知れぬ者の甘言《かんげん》に乗り、とんでもないことをしでかすところでした。伊吹さまに助けていただかねば、今頃は屍骸になっていたに相違ない。お助けいただき、かたじけのうござりました」

「礼はいらぬ。こうみえても、わしは水田組の先達《せんだつ》、組下の者を助けるのはあたりまえのはなしだ。それにな、おぬしは病がちな母上を悲しませぬよう、仕方なく死に神の指図にしたがったにすぎぬ。その気持ちはようわかる。つい先だって、わしも母を失ったゆえな」

「存じております。通夜に伺い、ご焼香をさせていただきました」

「そうであったな」

　求馬は顎《あご》を引き、じっと後輩をみつめる。

「ともあれ、命を粗末にするな。水田さまはご自身のことより、おぬしのことを案じておられたぞ。母上をひとり遺して、逝かせるわけにはいかぬと仰せでな。おぬしに大きな期待をかけておられるのだ。水田さまの期待にこたえるためにも、あきらめずに今は耐えるしかなかろう」

「はい」

「ここで、じっとしておれ。相手は警戒し、当面は忍んでくることもあるまい。わしに任せておけ、何とかする」

勝算はなくとも、胸を叩いた以上、何とかしなければならない。

やはり、鍵を握るのは伊丹屋吉兵衛だなと、求馬はおもった。

十一

午後、求馬は何の策も持たずに霊岸島へ向かった。

伊丹屋を訪ね、主人の吉兵衛を締めあげてやろうとおもったのだ。

新川《しんかわ》沿いに蔵まで備えた店は大きく、広い敷居をまえにすると、尻込みしてしまう。

それでも、ままよという気持ちで踏みだしたところへ、どうしたわけか、一挺の駕籠が滑りこんできた。

裾《すそ》をからげた先棒が脇の垂れを持ちあげ、待っていたかのように誘う。

「さあ、お乗りくだせえ」

「えっ、人違いであろう」

「伊吹求馬さまでござんすよね。とあるお方から、丁重にお連れしろと言われやした」

「丁重に……とある方とは誰だ」

「ここじゃ申しあげられやせん。さ、ともかく駕籠へ」

有無を言わせぬ態度に抗しきれず、求馬は駕籠に乗りこんだ。

そもそも、駕籠などに乗り慣れておらず、動きはじめた途端に尻が浮き、転げおちそうになる。

「あん、ほう、あん、ほう」

客の様子にはかまわず、駕籠かきたちは軽快に土を蹴った。

そして、霊岸島から目と鼻のさきの本八丁堀で降ろされた。

京橋川沿いに建った屋敷にはみおぼえがある。

「紀文の屋敷ではないか」

「さようで。へへ、それじゃ」

駕籠かきどもは、疾風《はやて》のような勢いで遠ざかる。

すがたがみえなくなり、求馬ははっと気づいた。

「もしや、あの駕籠かきども」

作事奉行の坪内刑部を八幡橋まで運んだ連中ではあるまいか。

求馬は首をかしげながら、紀文屋敷の敷居をまたいだ。

上がり端には手代が座っており、暖簾《のれん》の奥へ導かれる。

「主人が首を長くしております」

「どうして」

「それは、主人にお尋ねください」

何が何やらわからない。

案内されたのは、床の間に多賀朝湖の絵が飾られた部屋だ。

先日とは別の絵が飾られていた。無数の小さな蟹《かに》が鋏《はさみ》を上にし、月見の席を盛りあげるかのように闊歩《かっぽ》しており、端には「かさこそと島蟹集う月見酒」という句が記されていた。

「朝湖本人が一句詠み、絵に添えてわざわざ送ってくれました。島の暮らしも悪くはないぞと、強がっておるように感じられます」

紀文は下座にでんと座っている。

絵の左端には「一蝶」とあった。

「ふふ、一蝶《いっちょう》なる号は遊びで付けたもの、世知辛《せちがら》い世をひらひらと蝶のごとく舞ってみせる気にござりましょう」

求馬は上座へ促され、腰を落ちつけたところへ膳が運ばれてきた。

「立派なものではござりませぬ。鬼役さまのお口に合うかどうか」

「まだ、鬼役ではないがな」

膳には旬の膾や鴨肉の煮物などが並び、燗《かん》のされた銚釐《ちろり》もある。

紀文が酌をしてくれ、盃に口を近づけるや、上等な諸白《もろはく》の香りがふんわりと漂ってきた。

「さきほどは御無礼いたしました。あの者たちは、手前が日頃から手懐《てなず》けておる江戸勘の駕籠かきどもにござります」

「わしが伊丹屋を訪ねること、わかっておったのか」

「ええ、それとなく見張らせておりましたので」

「もしや、昨晩も出会《でくわ》した駕籠かきたちか」

「さすが、勘がおよろしい。あの連中から、伊吹さまのご活躍は聞いております。じつを申せば、吉原からの帰路で囮の駕籠を守ってくださったことも存じあげております」

「そうであったか」

「御礼も申しあげず、まことに御無礼を。されど、先日はまだ、伊吹さまの人となりがわからなんだものですから」

試したすえに、お眼鏡にかなったということであろうか。

常ならば腹も立とうが、紀文のやわらかな物腰に絆《ほだ》されてしまう。

「驚かれましたか」

永代寺門前仲町の料理茶屋に集った三悪人を乗せた駕籠は、三挺とも江戸勘の駕籠であったという。

「まさか、駕籠かきに見張らせていたとはな」

「ふふ、敵もそこまでは気づいておりますまい」

「料理茶屋に集った者たちの素姓も、すべてわかっておるのか」

「はい。坪内さまがお亡くなりになったあと、残りのおふたりも御屋敷まできちんと送りとどけましたゆえ」

求馬は膳を横に除《よ》け、下座のほうへ膝行する。

「頭巾侍は何者だ。あやつの正体は」

「宇治原遠江守正義《うじはらとおとうみのかみまさよし》、甲府藩二十五万石の次席家老《じせきがろう》にござります」

「何と」

想像以上の大物である。

「されど、正義とは名ばかりの奸臣《かんしん》にございます」

「従者がおったな。死に神のように辛気《しんき》臭い男だ」

「ふふ、死に神とはまた、言い得て妙かもしれませぬ。その者は青沼佐太夫と申し、宇治原のもとで悪事の絵を描いておる用人頭《ようにんがしら》にございます」

「やはり、あやつが青沼であったか」

「中之御門前に鳩の死骸を捨てたのも、おそらく、青沼にございましょう。残念ながら、鳩殺しの証しは立てられませぬが、手抜き作事の証しならば立てられるやもしれませせぬ」

「いったい、どうやって」

紀文は胸を反らし、ぱんぱんと手を叩いた。

襖が開き、隣部屋から年輩の町人がはいってくる。

中腰で近づいて正座し、申し訳なさそうにお辞儀した。

「おぬしは」

「へい、大工の政八でやす」

「ご説明申しあげましょう」

紀文はにっこり笑い、よく通る声で喋りはじめた。

「どうして、ここに棟梁がおるのか、さぞや御不審のこととおもわれます。何せ、政八棟梁は伊丹屋吉兵衛の作事を手伝っておりましたからな。されど、むかしはむかし、知っていることを包み隠さずにはなしてくれたら、すべては水に流そう。そのうえで、この紀文の作事を請けおっていただこう。さように説いても、なかなか首を縦に振らぬ頑固者にござりましたが、やはり、大工の矜持が許せなんだのか、棟梁は伊丹屋の阿漕《あこぎ》な手口をすべてはなしてくれました」

安価な材木を使って作事費用を浮かせ、掠めとった儲けは作事奉行の坪内刑部と伊丹屋で山分けにする。四年もまえから、千代田城や主立った寺社仏閣の大掛かりな作事で同様の不正がおこなわれてきたらしい。

「悪人同士の腐れ縁だったにもかかわらず、御作事奉行は御用達に裏切られ、帰らぬ人となった。じつを申せば、これには五年前の凶事が関わってござります。棟梁、あの書状を」

「へい」

政八は懐中から書状を取りだし、求馬のほうへ差しだす。

求馬はさっと目を通すや、驚きのあまり、瞬《まばた》きもできなくなった。

書状は坪内自身が記したもので、特定の誰かに宛てたものではない。まんがいちのためにと書き置いたうえで封印し、親しい間柄だった政八に預けられたものだった。

「お読みいただいたとおり、そこには五年前に御城中の厠で自刃を遂げられたとされる伊丹勝守公のことが記されてございます」

勝守公は自刃したのではなく、誰かの手で殺められていた。当時、目付だった坪内刑部は偶《たま》さか、惨劇に出会してしまったのである。もちろん、勝守公を殺めた者の名もはっきりと記されていた。

「宇治原正義か」

「さよう、宇治原は五年前、伊丹家の勘定奉行に任じられておりました。勝守公を亡き者にした極悪人なのでござります」

何故、伊丹家の重臣が主君を殺めねばならなかったのか。

「ひとりの山師が新たな金の鉱脈をみつけた。すべては、そこからはじまりました」

山師とはもちろん、のちに伊丹屋を名乗る吉兵衛のことだ。吉兵衛は藩と儲けを折半にするつもりで、勘定奉行の宇治原へ金鉱発見の一報を伝えた。ざっと見込んで二十万両の価値があると聞き、宇治原は悪人の素《す》をさらけだした。

金山を抱える藩そのもの、領地を治める伊丹家そのものが消えてしまえば、途方もないお宝を独り占めできると算盤《そろばん》を弾いたのだ。

「まさに、鬼か蛇に魂を売り渡すかのごとき所業にござります」

邪悪なおもいつきを実行するのは容易ではない。だが、千代田城内で二度と遭遇できぬであろう好機が訪れた。主君の勝守公と厠でふたりきりになったのである。宇治原は迷わず、凶刃をふるった。ところが、一部始終を目付の坪内にみられていた。

「さすがに宇治原は観念したが、坪内も並みの悪党ではない。惨劇をみなかったことにする代わりに、口止め代として三千両を要求したと、そこに記されてござります」

宇治原は坪内に三千両を支払うとともに、用人頭の青沼佐太夫を監視役として坪内家へ送りこんだ。

「それから一年ののち、宇治原は金山から得たお宝の一部を献金に換え、みずからを売りこむべく、甲府藩の重臣たちに取り入りました」

甲府藩二十五万石を治めているのは、公方綱吉の甥《おい》にあたる綱豊である。若い藩主ゆえ、藩政は側近たちに委《ゆだ》ねられていた。宇治原は側近たちを金の力で籠絡《ろうらく》し、みずからの地歩《ちほ》を固めていった。それと同時に、材木問屋となった伊丹屋吉兵衛も藩の御用達にさせたのだ。

「すべては金の力にござります」

一方、坪内のほうも目付から一足飛びに作事奉行へと昇進した。こちらも金の力で昇進を遂げたようなものだが、坪内は手に入れた地位を利用し、宇治原や伊丹屋にたいして平然と金品を要求するようになった。

それでも、作事奉行という要職に置いておけば、かなりの儲けが見込めるため、宇治原は文句も言わずに要求を呑んだ。青沼佐太夫が坪内家にいるかぎり、作事の不正は抜け目なくつづけることができる。

そうやって悪党どもは切っても切れない間柄になっていったのだと、紀文は書状に記されていないこともふくめて説いた。

「いかがです、驚かれましたか」

「ことばも出ぬわ」

「されど、中之御門で作事の手抜きがみつかり、今までどおりに不正ができぬようになった。しかも、下手を打てば目付筋から詮議されるかもしれない。いずれにしろ、金の切れ目が縁の切れ目。ただの金食い虫と化した坪内刑部は、宇治原や伊丹屋にとって不用になった」

「それゆえ、葬られたと申すのか」

「宇治原はひょっとしたら、五年前から坪内の命を奪おうと、機会を窺っていたのかもしれませぬ」

紀文の言うとおりであろう。手抜き作事をみつけた水田や小四郎が、坪内殺害のきっかけを与えたのだ。

「伊丹屋の用心棒に傷を負わされたお方、伊吹さまのお知り合いだったようですな。なまじ剣術ができたことが仇《あだ》となり、青沼から目を掛けられてしまった。使い捨ての駒にされかけたのでございましょう」

「くそっ、許せぬ」

「怒りをぶつける相手は宇治原と伊丹屋、さらには青沼にございます。じつは、その書状は写しにほかならず、本物は室井さまにお預けいたしました」

どうやら、室井はすべて了解済みということらしい。

「室井さまは仰いました。今さら五年前の経過を掘りおこしても詮無いはなし。

凶事の真相が表沙汰になれば、一国を統《す》べる大名家を改易にした御上の無能ぶりが取り沙汰されかねない。かといって、悪党どもを野放しにしておくわけにはいかぬゆえ、裏で裁かねばならぬと、さように」

「裏で裁くとな」

「段取りは手前に任せていただけるそうです。しかも、適任の配下をつけるゆえ、いかように使ってもよいと、室井さまは仰いました」

「まさか、適任の配下とは」

「伊吹さまにござりますよ。ほかに、どなたがおられましょう。まんがいちにも失敗ったときは、伊吹さまにすべての責を取らせてもよいとの仰せです。裏を返せば、室井さまのご信頼が誰よりも厚いことの証左《しょうさ》にござりましょう」

信頼されているのではなく、試されているのだ。最悪の場合、蜥蜴《とかげ》の尻尾《しっぽ》切りにされるのであろう。室井は役に立たぬ配下を平然と斬り捨てることができる。今までもそうであったように、こたびもまた鬼役になるためには乗りこえねばならぬ試練なのだ。

「ここぞというときは、命を捨てる覚悟でのぞんでまいりました。そのおかげで、今の紀文があると申しても過言ではありませぬ。伊吹さまもここはひとつ、お覚悟を決めていただかねばなりませぬ」

いきなり覚悟を決めろと言われても、容易くできるものではない。

紀文は微笑みながらも、こちらの胸の裡を見透かすように睨みつけてくる。

求馬は異様に喉の渇きをおぼえ、盃に満たされた酒を一気に呷《あお》ってみせた。

十二

覚悟とは白刃を抜く覚悟のことだ。

たとえ相手がとんでもない悪党でも、命を絶てば業《ごう》を背負うことになる。

その覚悟があるのかと自問し、求馬はいつも明確にこたえられなかった。

鬼役に向いていないのではないかと、公人朝夕人の伝右衛門に言われたことがある。

室井は老中の秋元但馬守が求める鬼役の資質として、剣術の技量と勇敢さ、忠心と不動心、恐れを知らぬ糞度胸と最後までやり遂げる粘り強さ、揺るぎなき正義感と氷のような冷徹さを挙げた。なかでも、氷のような冷徹さを持たねば、邪《じゃ》智奸佞《ちかんねい》の輩《やから》を成敗することはできない。

頭ではわかっているのだが、いざとなれば刀を持つ手が震えてしまう。

盲目の元鬼役、南雲五郎左衛門にも言われたことがあった。

――おのれを捨て、非情に徹する鬼となれ。

鬼とならねば、師匠の首を断つことなどできなかった。

南雲は身をもって、鬼役となる者の覚悟を説いてくれたのだ。

紀文にも、南雲と同じような匂いを感じる。商人であるにもかかわらず、虎穴《こけつ》への案内人を買ってでた。その心意気は骨太の侍に通じるものがあろう。

「今からおつきあいいただけますか」

夕刻、連れていかれたのは永代橋を渡ったさきの深川、永代寺門前仲町の料理茶屋だった。昨晩、伊丹屋を尾《つ》けてたどりついた見世にほかならない。

入口までは紀文だけが江戸勘の駕籠に乗り、求馬は駕籠脇にしたがった。

「お察しのとおり、悪巧みの相談に使う茜屋にござります。じつを申せば、伊丹屋が情婦《いろ》にやらせているのですよ」

「ふうん、そういうことか」

いずれにしろ、敵の待ちかまえる虎穴であることにまちがいはない。

無防備すぎて不安に駆られたが、紀文は駕籠を降りても平然としている。

あらかじめ先方と約束を交わしてあったらしく、入口で出迎えた女将《おかみ》は愛想笑《あいそ》いを浮かべていた。

「先様はお越しにござりますよ」

駕籠かきたちを入口に残し、ふたりは見世のなかへ導かれていった。

「まるで、おぬしの用心棒だな」

「頼りにしておりますぞ」

紀文は微笑み、ぽんと気安く背中を叩いてくる。

求馬は前のめりになり、ぎこちない仕種《しぐさ》で廊下を渡った。

女将に通されたのは中庭に面した奥の大広間、床の間はあるものの、軸も花も飾られていない。部屋のなかは殺風景だが、廊下を挟んだ庭には曼珠沙華《まんじゆしやげ》の叢《くさむら》が燃えるような真紅《しんく》の花を咲かせていた。

もうすぐ、彼岸《ひがん》か。

そんなことをおもいながら、紀文とともに下座に腰をおろす。

女将はいなくなり、夕陽に照らされた庭を眺めながら待っていると、廊下の奥からふたりの人物があらわれた。

先導するのは顔色の優れぬ金壺眸子、青沼佐太夫にちがいない。作事奉行の坪内を亡き者にし、さっそく古巣へ戻ってきたのだ。となれば、もうひとりの偉そうな人物は次席家老の宇治原正義なのであろう。瞼《まぶた》は腫れぼったく、肉厚の頬が垂れさがっている。予想以上の悪党顔だ。太鼓腹が張りすぎて、歩くのもしんどそうにみえる。

雁首《がんくび》を揃えた悪人どもと対峙し、紀文はいったいどうするつもりなのか。

求馬は乾いた唇を嘗めた。緊張のせいで、掌《てのひら》が汗ばんでくる。

宇治原らしき人物は上座に腰を下ろし、青沼はすぐ脇に控えた。

廊下にはほかに人影もなく、酒膳が運ばれる気配もない。宇治原も青沼もこれみよがしに両刀を携えている。求馬を警戒してのことであろうが、物々しい印象は拭えなかった。

「宇治原さま、お招きいただきありがとう存じます」

紀文は畳に両手をつき、感謝の気持ちを述べる。

宇治原が顔を歪《ゆが》め、疳高《かんだか》い声で応じた。

「後ろに控えるのは用心棒か」

「さようにお受け取りいただいてもよろしいかと」

宇治原はつまらなそうに鼻の穴を穿《ほじく》る。

「紀文よ、そちに頼むのは根津《ねづ》にある当家御屋敷の改修じゃ。いつぞやの宴席で大口を叩いたな、誰よりも安価に材木を調達できると。それゆえ、呼んでやったのじゃ」

「承知しております」

「ならば、いくらで請けおうつもりか申してみよ」

「ざっと見積もって、三千両ほどの御作事になりましょう。されど、甲府宰相さまとお近づきになることができれば、宇治原さまの言い値でけっこうにございます」

「ひゃっ、言い値じゃと。青沼、聞いたか」

「はっ」

「されば、発注する額を言うてやれ」

「申しあげます」

青沼は表情も変えず、紀文に向きなおる。

「一両じゃ。それでも請けおうと申すなら、作事を任せてもよい」

戯《ざ》れているのだと、求馬はおもった。

ところが、紀文は意外な返事をする。

「ようございます。一両でお請けいたしましょう。ただし、条件がひとつ」

「何じゃ」

と、宇治原が乗りだしてくる。

紀文は充分に間を置き、ゆったりとこたえた。

「五年前の凶事につき、真相をおはなしいただきとう存じまする」

「五年前の凶事とな」

「改易とされた伊丹家の御当主、勝守公が千代田の御城内で謀殺された出来事にございます」

「ん」

宇治原は眸子を瞠《みは》り、顎をわななと震わす。その反応を目にしただけで、真相を知っているものと確信できた。

冷静に応じたのは、懐《ふところがたな》刀と目される青沼のほうだ。

「謀殺と申したな。紀文よ、聞き捨てならぬぞ。勝守公はご乱心のあげく、自刃あそばされたのだ。御上のほうでも調べは済んでおる。裏付けもなしに謀殺などと吹聴《ふいちょう》するようなら、厳罰を覚悟せねばならぬぞ」

「承知してございます。裏付けなくして、かようなことは申せませぬ」

「ほう、謀殺の証しがあると申すのだな」

青沼は眸子を細め、宇治原は不機嫌な顔で舌打ちする。

紀文は笑みさえ浮かべ、くいっと胸を張った。

「五年前、宇治原さまは伊丹家の御勝手を与《あずか》っておられた。手前がいくらお貸ししていたかもおわかりのはず。改易によって、すべて水泡《すいほう》に帰してしまいました。されど、さようなことはどうでもよいのです。手前は僭越《せんえつ》ながら、勝守公をお慕い申しあげておりました。あれだけ器《うつわ》の大きなお殿さまには、なかなかお目に掛かれぬ。勝守公をお支えしたいと、心の底からおもっていたのでございます。にもかかわらず、あのような悲惨な最期を遂げられた。ご聡明な勝守公が自刃なさるなどと信じることができずにいると、あるとき、勝守公が夢枕に立たれました。恨みを晴らしてほしい、さもなくば成仏《じょうぶつ》できぬと悲しげなお顔で仰せになったのでございます。それゆえ、いろいろと調べさせていただきました。すると、妙なことがわかりました」

相手の反応を確かめるように、紀文は黙りこむ。

ごくっと、宇治原は生唾を呑みこんだ。

紀文は下から睨みつけ、声色まで変えてみせる。

「勝守公は厠で亡くなりました。そのとき、御側に重臣がひとり侍《はべ》っていた。宇治原さま、あなたさまにござる」

「なっ、何が言いたい」

「はっきり申しあげましょう。宇治原さまは勝守公を謀殺なされた。ちがいますか」

「ええい、黙れ」

「黙りませぬ。手前は事の真相が知りたいのです。包み隠さずおはなしいただければ、甲府藩の御作事はことごとく只《ただ》で請けおう所存にござります」

宇治原は激昂《げきこう》した。

「小賢《こざか》しい商人《あきゅうど》め、そこまで申すなら、証しをみせよ。わしが殿を死にいたらしめたという証しじゃ」

紀文は動じることもなく、淡々とこたえる。

「闇討ちにされた坪内刑部さまの書状がござります」

「何じゃと。さような書状があるなら、みせてみよ」

狼狽《うろた》える宇治原にたいし、紀文は悠然とこたえた。

「不用意に持参するほど莫迦《ばか》ではありませぬ。信用のおける者に預けてござります。手前が屋敷に戻らぬようなら、懇意にしていただいている御老中のもとへ持ちこむようにと指図しておりましてな」

「御老中だと、それはどなたじゃ」

「申しあげられませぬ。できれば、そのお方のお手を煩《わずら》わせたくはない。それゆえ、宇治原さまには過ちをお認めいただき、潔く罪を償《つぐな》っていただきとう存じまする」

「莫迦な。誰が認めるか」

「されば、お作事のはなしもなかったことに」

宇治原は首を振り、重い溜息を吐いた。

「紀文よ、おぬし、殺されにまいったのか」

「最初《はな》から、そのおつもりでは」

「ふふ、坪内刑部の書状など、まことは持っておらぬのであろう。ぼんくらなあやつがさような書状を残しておったとはおもえぬ。されど、おぬしが五年前の出来事に探りを入れておるのはわかっていた。何処まで調べがついておるのか、責め苦を与えてでも聞いておきたいところじゃ」

「伊丹屋に命じて、何度か命を狙わせましたな」

「そうじゃ。まどろっこしいことはせずともよかろうと、青沼が申したゆえな」

「手前の命を獲ると仰せなら、今が好機にござりましょう」

「そこまでわかっておきながら、どうして、のこのこやって来たのじゃ」

「勝守公のご無念を晴らすため。宇治原さまには潔く罪を贖《あがな》っていただきたい。その一念でまいった次第」

「くふふ。青沼よ、おぬしにはわかるか、紀文の狙いが」

「はて、死に急いでおるようにしかみえませぬな」

「されば、望みどおりにしてくれようか」

「それがよいかもしれませぬ。この見世で誰かが死んだとて、役人が駆けつけるわけでもござりませぬ」

青沼は立ちあがり、威勢よく手を叩いた。

かたわらの襖が左右に開き、二刀流の巨漢が踏みこんでくる。

「へへ、お待ちどおさま」

坪内刑部を斬った岩城であった。

求馬に胸を裂かれて川へ落ちたはずだが、何食わぬ顔で舞いもどってきた。

背後には、六人の浪人をしたがえている。

端のほうから、伊丹屋吉兵衛がひょいと顔を差しだした。

「ぬへへ、紀文め。年貢《ねんぐ》の納め時だ」

伊丹屋の台詞を合図に、浪人どもが一斉に白刃を鞘走《さやばし》らせる。

「させるか」

求馬は刀を取り、片膝立ちになった。

「ふふ、悪党の揃い踏みとはこのことよ」

紀文は笑いながら、悠然と言ってのける。

あまりの落ちつきぶりに、相手ばかりか、求馬も首をかしげざるを得ない。

「殺《や》れ」

考えている暇もなく、青沼が憎々しげに言いはなった。

十三

求馬は跳んだ。

浪人どもの機先を制し、本身を抜かずに鞘で打ちにでる。

――ばしっ。

強烈な一撃が、ひとり目の首筋に叩きこまれた。
さらに、鞘の鐺《こじり》でふたり目の鳩尾《みぞおち》を突き、三人目は下から払って顎を砕く。
そして、四人目でようやく本身を抜き、峰打ちの一刀で眉間を割った。
「ぐはっ」
たちまちに四人を昏倒させながら、わずかな息の乱れもない。
——不動智《ふどうち》。
攻めの基本は流動して滞らぬこと。
求馬の流れるような動きに、浪人どもは突き入る隙《すき》を見出せない。
——身は深く与え、太刀は浅く残して、心はいつも懸《か》かりにてあり。
胸中につぶやいたのは、慈雲和尚から学んだ鹿島新當流の剣理である。
求馬は両肘を張って右八相に構え、がに股でぐっと腰を落とした。
「や、えい……」
相手を圧する掛け声もろとも、一歩長に間合いを破る。
刹那、仰け反った五人目は眉間を割られていた。
「……は、と」
独特の掛け声とともに、六人目は側頭に逆袈裟を浴びせる。

眼球が飛びだし、すぐに引っこんだ。

「ひぇっ」

伊丹屋は這いつくばって逃げだした。

追いかけたところへ、二刀流の巨漢が立ちはだかる。

まるで、分厚い壁のようだ。

「若造、一対一の勝負だ」

「のぞむところ」

岩城に峰打ちは通用しない。それだけはわかっている。

「死ねっ」

右手一本で、袈裟懸けの一刀が振りおろされてきた。

——ぶん。

躱した途端、刃風に鼻面を撫《な》でられる。

長い刀の切っ先が畳に刺さり、持ちあげられた畳が後方へ飛ばされた。

「ちょろいものよ」

岩城は左手で脇差も抜き、二刀をだらりと提げる。

——八風吹けども動ぜず。

剣豪の宮本武蔵《みやもとむさし》ならば、そのように念じたことだろう。

求馬もすでに巌《いわお》の身、岩城の気合いに呑まれてはいない。

切っ先を高く翳した青眼《せいがん》に構え、静かに呼吸を止める。

ぴいんと、氷が張っていくかのようだ。

座禅を組む境地にも似ている。

剣の力量は禅心の深さに呼応するのだ。

明鏡止水《めいきょうしすい》の境地にいたれば、いっさいの物音は消えてしまう。

相手の動きも止まったようにみえ、白刃さえも緩慢《かんまん》に延びてくる。

求馬が手にするのは法成寺国光、刃長一尺五寸（約四五・五センチ）におよぶ大摺《おおす》りあげの銘刀《めいとう》だ。

ここは石火《せっか》の機《き》を捉え、一撃で仕留めねばならぬ。

もはや、覚悟は決まっていた。

「死ねっ」

前歯を剝いた岩城が迫ってくる。

求馬は鼻先に延びた突きを躱し、身を沈めながら太刀間にはいった。

音が消える。何も聞こえてこない。

――ばすっ。
鮮やかに脇胴を抜いた。
身を入れ替えた瞬間、すべての物音が戻ってくる。
「ぬかっ」
岩城は振りむき、血を吐いた。
――ぶしゅっ。
脇腹の裂け目から血が噴きだす。
求馬に人を斬った感触はない。
一抹《いちまつ》の虚しさだけが去来する。
――看脚下《かんきやっか》。
道場の入口に立てられた板に墨書された禅の教えが脳裏に浮かんだ。
一刻も早く、本来の自分に立ちもどらねばならない。
だが、これで終わったわけではなかった。
「南無《なむ》……」
念仏を唱え、添え樋《ひ》に溜まった血を振り落とす。
血濡れた畳の向こうから、宇治原が呼びかけてきた。

「そこまでじゃ」

かたわらに立つ青沼は、紀文を人質に取っている。

鋭利な刃を喉元に突きつけ、青沼が吐きすてた。

「刀を捨てよ。さもなくば、紀文の命はないぞ」

刀を捨てても同じこと、ならば、紀文を犠牲にするしかない。

咄嗟《とっさ》にそうおもったが、求馬はあっさり刀を抛《ほう》った。

「ほほ、捨ておった」

意外だったのか、宇治原が手を叩いて喜ぶ。

一方、紀文は妙に落ちついていた。

「伊吹さま、非情に徹せねば鬼役にはなれませぬぞ」

師匠の南雲にも諭された。修羅場《しゅらば》で口にする台詞ではあるまい。

夕陽は疾《と》うに沈み、庭は薄闇に包まれている。

宇治原が叫んだ。

「青沼、紀文を冥途におくってやれ」

「はっ」

と、そのときである。

庭の石燈籠《いしどうろう》に、ぽっと火が灯《とも》った。

——びん。

弦《つる》を弾く音につづいて、一本の矢が風を切る。

「ぬっ」

声を発した青沼の眉間に、深々と矢が刺さった。

「何っ」

眸子を瞠ったのは宇治原だ。

青沼は海老反《えびぞ》りになり、ゆっくり倒れていった。

紀文はへなへなとくずおれ、その場に屈んでしまう。

廊下に一陣の風が吹き、人影がひとつ近づいてきた。

猿婆だ。

「何をしておる、そやつの首を搔け」

求馬は指図されても、抛った刀を拾うことができない。

「ぬおっ」

宇治原のほうが刀を抜き、青眼から突きかかってきた。

猿婆は素早く身を寄せ、枯れ枝のような腕を伸ばす。

「ぐふっ」

拳の一撃が、肥えた男の鼻をへし折った。

宇治原は気を失い、後ろ頭を床の間の柱に叩きつける。

そのとき、庭の片隅に人影が動いた。

裏木戸から出ていったのは、矢を放った志乃であろう。

紀文は求馬を信頼しきっておらず、あらかじめ、志乃にも助っ人を頼んでいたのだ。

それがわかった途端、全身から力が抜けてしまった。

「約定《やくじょう》どおり、報酬は貰う」

猿婆の申し出に、紀文は頭をさげる。

「もとより、承知してござります。ご期待申しあげた以上のおはたらきをしていただきました」

「古狸め、どうせ、伊丹屋の隠し金が目当てであろうが」

伊丹屋は部屋の隅で気を失っている。この情況で責め苦を与えれば、二十万両とも噂されるお宝の隠し場所を漏らすにちがいない。

紀文はわざと驚いてみせ、声を出さずに笑った。

「おっと、これは心外にござります。それがしの調べでは、山師が五年前にみつけた金鉱は内々で噂されているほどの価値はなかった。せいぜい、数万両がよいところにござりましょう。まんがいち、隠し金なるものがあれば、お亡くなりになった勝守公の菩提《ぼだい》を弔わせていただきます。そして、残りは一銭残らず、御上に献上いたしましょう」

「ふん、どうだか」

猿婆は皮肉を漏らし、庭の向こうへ消えていく。

紀文は真顔に戻り、乱れた襟をすっとなおす。

「伊吹さま、一件落着にござります」

納得できない顔をすると、紀文は笑いながらつづけた。

「忘れておりました。伊吹さまにもご報酬を」

「さようなものはいらぬ」

「金品はいらぬと仰るなら、ほかに何かお望みはござりませぬか。手前のできることであれば、何でもかなえて進ぜましょう」

ふと、越川小四郎の顔が浮かんだ。

「ひとつだけ、頼みたいことがある」

求馬は下を向き、蚊の鳴くような声でつぶやいた。

十四

数日後。

秋の彼岸にはお供え物の「おはぎ」をつくり、武家でも町家でも隣近所に配ってまわる。求馬も隣人で太鼓役の常田家から、妻の福がこしらえた「おはぎ」をありがたく頂戴した。

萩《はぎ》も見頃となり、萩寺として名高い柳島《やなぎしま》村の龍眼寺《りゅうげんじ》などは、遊山《ゆさん》客で賑《にぎ》わっているらしい。萩の咲く頃に燕《つばめ》は南の国へ帰ると聞いたが、なるほど、寺院の軒下などで見掛ける巣は何処も空っぽのまま放置されていた。

もう少し秋が深まれば、夕暮れの空に初雁《はつかり》が竿《さお》になって飛来する光景もみられるのだろうが、求馬は未練がましく陽だまりを探して、下谷の寺町や神田川《かんだがわ》沿いの土手道などを散策した。

下谷練塀小路の組屋敷から寛永寺はほど近い。たいていは煩雑《はんざつ》な上野《うえの》広小路を避け、忍川《しのぶがわ》のあたりから黒門へ向かう。左手には節季《せっき》ごとに表情の変わる不忍池が広がり、黒門を潜ってしばらく進めば文殊楼《もんじゆろう》へ行きあたる。左手に鎮座《ちんざ》しているのは大仏、立派な仏殿が建立されたのは今から五年前のことだ。

さらに進むと、細長い回廊で繋がれた法華《ほっけ》堂と常行《じようぎよう》堂があり、回廊を潜ったさきに根本中堂が控えている。「選《よ》りすぐりの檜を使いました」と紀文も自慢する豪壮《ごうそう》な堂宇《どうう》のさらに奥には、徳川家四代将軍家綱を弔う廟《びよう》が建てられていた。

境内の左右には松並木がつづき、吹きぬける風も優しく感じられる。もちろん、寺領内は神聖なところで、早朝などには僧たちの読経《どきよう》が荘厳《そうごん》に響きわたってい
た。

ただし、領内はとりわけ鳩が多いことでも知られている。

いつもとちがう光景が見受けられたのは、一昨日の朝のことだった。

法華堂と常行堂を繋ぐ回廊の真下に、後ろ手に縛られた罪人らしき人影が座らされていたのだ。軒裏には始末できぬ鳩の巣があり、寺男たちは糞だらけの参道を掃除するのに苦労している。

寺男にみつけられたとき、杭《くい》に繋がったふたりは鳩の糞にまみれていたらしい。

捨て札には「触れるべからず」とあり、公金着服の罪状が綿々と綴られていた。

しかも、着服の証しなのか、糞まみれの千両箱がかたわらに何箱か積まれてあっ

たという。

もちろん、捨て札には罪人の名も銘記されていた。ひとりは材木問屋の伊丹屋吉兵衛、もうひとりは、僧たちも目を疑ったが、甲府藩次席家老の宇治原遠江守正義であった。さっそく町奉行所に通報されたものの、しかるべき筋の役人たちがあらわれるまでに、十重二十重《とえはたえ》の人垣が築かれてしまった。噂は江戸じゅうに広まり、読売にも「鳩の糞にまみれた奸臣と悪徳商人」などと、おもしろおかしく書きたてられることになった。

甲府藩は幕府のいわば身内、藩主の綱豊公は将軍の継嗣《けいし》に選ばれるかもしれぬ殿さまだ。重臣が寛永寺の寺領内に晒《さら》されたとなれば、幕府の威信に疵《きず》がつかぬともかぎらない。ただし、五年前の伊丹家改易に関わる謀事だけは記されておらず、乱心した奸臣の行状《ぎょうじょう》ということで、ごまかすことはできそうだった。

ともあれ、宇治原も伊丹屋も極刑に処せられるしかない。恥辱《ちじょく》を与えておおやけに裁くために、ぎりぎりの線を狙ったやり方と言ってもよかろう。

「ふたりを寛永寺に晒しましょう」

信念を込めて発したのは、紀文にほかならなかった。

寛永寺の山同心《やまどうしん》や僧たちが鳩の巣で困っているのを知っていたのだ。せめて悪党どもを晒し者にでもせねば、謀殺された勝守公が浮かばれぬと考えたらしい。行きがかり上、求馬も手を貸した。ただし、室井には了解を得られぬとおもい、事前に報告はしなかった。二日経《た》っても叱責されぬところから推せば、許してくれたのであろう。あまり褒められたやり方ではないが、悪行をつづければこうなるという見懲《みこ》らしの意味はあった。

求馬は池之端《いけのはた》から無縁《むえん》坂を上り、春日局《かすがのつぼね》の菩提寺でもある麟祥院《りんしょういん》のさきから本郷までやってきた。

足を向けるさきは、慣れ親しんだ持筒組の同心長屋である。

鳩殺しの疑いをかけられた水田平内と越川小四郎は、蟄居の縛りを解かれたと聞いていた。室井のはからいがあったのはまちがいない。紀文を通じて、水田と小四郎の罪を許してもらえるように頼んでおいたのだ。

願いは通じたようだが、生真面目な小四郎のことが案じられた。青沼にそそのかされたとはいえ、作事奉行の命を狙った事実を消すことはできない。お咎《とが》め無しと言われたところで、本人の気持ちはおさまらぬであろう。

越川小四郎が刺客となった経緯を、水田にだけは秘かにはなしてあった。水田によれば、小四郎はすでに覚悟を決めており、切腹の沙汰が下りるのを待っているのだという。もちろん、死なせるわけにはいかぬが、どうやって説きふせたらよいのか、求馬には自信がなかった。

母を悲しませるな。ともかく生きよ、安易に死んではならぬ。

言いたい台詞を、胸の裡に何度も繰りかえす。

役目への復帰が難しいのなら、いっそ頭を丸め、禅寺にでも籠もるがよい。

いざとなれば、そうやって叱りつけるつもりだった。

重い足を引きずり、越川小四郎の屋敷までやってくる。

冠木門《かぶき》は開けはなたれ、×印の丸太も外されていた。

振りあおげば、空一面が茜色の鱗雲《うろこ》に覆われている。

はたして、小四郎は耳をかたむけてくれるだろうか。

「ままよ」

くよくよ悩んでも仕方ない。誰であっても、死にたいとおもうことはある。何度でもある。だが、死なずに生きつづけることのほうが苦しい。何倍も苦しい。ならば、敢《あ》えて苦しい道を選ぶのが侍の子ではないか。

誠心誠意、真心を込めて説けば、きっとわかってくれるにちがいない。

求馬はそう信じ、冠木門を潜りぬけた。

龍の涙

一

千振《せんぶり》は秋も深まった頃、紫色の筋がはいった白くて小さな花をつける。根ごと摘みとって乾燥させ、煎《せん》じて呑むと胃薬になった。千回煎じてもなお苦く、抜群の効き目をしめすため、世間では「医者倒し」とも呼ばれているらしい。

不忍池の畔《ほとり》には千振をはじめとした薬草の叢《むら》があり、凜《りん》はそのことを治兵衛《じへえ》から教わった。

治兵衛は薬種《やくしゅ》問屋の隠居なので、生薬《きぐすり》のことは誰よりも詳しい。血は繋がっていないものの、ほんとうの祖父だとおもうように言われていたし、ふたつのときに回向院《えこういん》の門前で拾われてから九年も経つので、凜にも「爺《じ》っちゃん」と呼ぶことに抵抗はなかった。

あるとき、池畔で千振を摘んでいると、盲目のお侍から「少し分けてもらえぬか」と頼まれた。代わりに黒い丸薬を貰ったので、家に帰って治兵衛に尋ねてみると、それは高価な熊胆《ゆうたん》の練りこまれた薬で、千代田のお城に出入りする奥医師《おくいし》くらいしか使わぬという。しかも、治兵衛はお侍のことを知っていた。名は南雲《なぐも》五郎左衛門《ごろうざえもん》、以前は公方さまにお仕えしていた毒味役であったが、毒を口にしてしまい、目がみえなくなったらしい。

凜は南雲と何度も会っているうちに親しくなった。だが、別れは唐突にやってきた。代わりにあらわれた伊吹求馬《いぶきもとめ》という若いお侍に「南雲さまはもう来ない」と告げられたのだ。

涙を溜めた伊吹の表情から、南雲が亡くなったのはすぐにわかった。父親を失ったような悲しさをおぼえたものの、凜はほんとうの父親が誰なのかも知らなかった。

宝物にしている水晶玉を覗《のぞ》いてみれば、南雲との別れは予見できたのかもしれない。「龍の涙」と名付けられた不思議な水晶玉は、先々に起こるであろう出来事をはっきりと映しだしてくれる。覗いてみたい気持ちはあったが、恐くてできなかった。かりに、悲惨な出来事が映しだされたとしても、凜にはどうすることもできないからだ。

夕陽は大きくかたむき、鳥も茜雲の向こうへ遠ざかっていく頃合いになった。

「伊吹さまは来ないのかしら」

ふと、不安が過《よ》ぎったものの、すがたをみせない日はこれまでにも何度かあった。気にすることではない。もちろん、千振と引き換えに駄賃を貰うのは嬉しかったが、別に駄賃が欲しいわけでもなかった。

薬草は大勢の人の命を救う。「薬草摘みは功徳《くどく》とおもえ」と、南雲に教えられた。凜はそのことばを守っている。毎日薬草を摘めば功徳が得られ、善行を積めばいつかは産んでくれた母に邂逅《かいこう》できると信じて疑わなかった。

おぬしを捨てた母を憎くはないのかと、誰かに聞かれたことがある。母に捨てられたのかどうかもわからない。捨てられたにしても、拠所《よんどころ》ない事情があったのだろう。凜はどうしても、産んでくれた母親に会いたかった。

治兵衛によれば、拾われた幼子の懐中には「龍の涙」とともに、文《ふみ》が添えてあったらしい。

——どうか、この子をよしなに。凜、ふたつ、龍の涙。

綴られていたのは一行だけであったが、末尾は涙の痕跡《こんせき》で消えかかっていたという。

気づいてみれば、あたりは薄暗くなっている。

靄《もや》もかかってきたので、凜は薬草摘みを止めた。

「さあ、帰ろう」

みずからを励ますように言い、汀《みぎわ》から離れていく。

ほんとうは「今日もよく摘んだな」と、伊吹求馬に褒めてもらいたかった。

「南雲さまも仰せになった。困ったことがあったら、伊吹求馬を頼るのだと」

別れが近づいた頃のことだ。どうしてそんなことを告げるのか、不思議に感じたのをおぼえている。

何かよからぬことでも起こるのだろうか。それゆえ、南雲さまはあんなことを仰ったのか。そうだとすれば、まるで、水晶玉に映しだされた予言のようではないか。

明け方でもないのに、靄が濃くなってきた。

足許もみえなくなり、凜は立ち止まった。

急に心細くなってくる。

「母さま……」
踝《くるぶし》まで水に浸かり、足許がひんやりとした。
もしや、汀まで戻ってしまったのだろうか。
急いで汀から離れ、うっかり何かに躓《つまず》いた。
――ばしゃっ。
転んだ拍子に、籐籠《とうかご》を手放してしまう。
せっかく摘んだ薬草が、水に流されていった。
「待って」
突如、背後に怖気《おぞけ》立つような気配が迫った。
振りかえっても、人影らしきものはみえない。
ほっとして立ちあがり、俯いてまた歩きだす。
すぐに立ち止まった。靄の向こうから、みつめられている。
「うっ」
赤い目だ。
山狗《やまいぬ》であろうか、それとも、弁天《べんてん》神社に祀られた龍神《りゅうじん》さまか。
凛は息を詰めて立ちつくす。

逃げようとしても、からだが動いてくれなかった。

泣きたいけれども、声をあげることすらできない。

「みつけたぞ」

この世のものともおもえぬ声が、地の底から響いた。

にゅっと、腕が伸びてくる。

「ひっ」

毛むくじゃらの太い腕と、指先の尖《とが》った長い爪。

治兵衛に読んでもらった『平家物語』に、都人を拐《かどわ》かす奇怪な生き物が登場した。

鵺《ぬえ》だ。

顔は猿で胴は狸、虎の手足と蛇の尾を持つ。

おぞましい鵺のすがたを想像しただけで、からだの震えが止まらなくなる。

「くはは、みつけたぞ」

鵺が人のことばで喋っている。

分厚い掌で鼻と口をふさがれ、凜は息ができなくなった。

二

長月《ながつき》となり、漁師たちが凶兆を予期させる光景を目に留めた。

海面を覆わんばかりの黄蝶《きちょう》が、沖に向かって飛んでいたというのだ。

黄蝶の群れは、死出への旅を余儀なくされた。

いったい、何から逃れようとしていたのか。

それが知りたいと、求馬はおもった。

いっこうに消えぬ胸苦しさの原因は、不忍池の畔で凜を三日ほど目にしていないことだ。市中では幼い娘の神隠しがしきりに取り沙汰されており、凜が凶事に巻きこまれておらぬことを祈らずにはいられなかった。

「何をぼけっとしておるのだ」

横合いから、鋭い叱責が飛んでくる。

睨みつけているのは、若衆髷《わかしゅまげ》の志乃《しの》にほかならない。

かたわらでは、手足の長い猿婆が薄笑いを浮かべている。

稀《まれ》なことに、志乃から「付きあってほしい」と頼まれた。

押っ取り刀でやってきたところは、本所《ほんじょ》の回向院である。

大和国《やまと》は法隆寺《ほうりゅうじ》の秘仏群が、九年ぶりに開帳《かいちょう》されるのだ。

早朝にもかかわらず、境内は立錐《りっすい》の余地もないほど賑わっていた。

「江戸の連中は物好きじゃ。以前もこうだったのか」

志乃に尋ねられ、求馬はうなずいた。

九年前は齢《よわい》十四、文月《ふづき》から三月にわたって催された出開帳《でがいちょう》の賑わいはよくおぼえている。法隆寺東院秘蔵の救世《くぜ》観音を本尊として、玉虫厨子《たまむしのずし》や橘《たちばな》夫人《ふじん》厨子、さらには夢違《ゆめちがい》観音像などが、江戸で暮らす衆生《しゅじょう》のまえに初めてすがたをみせた。

母といっしょに訪れたのは、菊の香が漂いはじめた今時分のことだった。

宝物のなかでも印象深かったのは、高さ三尺足らずの夢違観音像である。

「お美しい観音さまらしいな」

見物客のお目当てはまさにそれ、志乃も大きな瞳を輝かせる。

「どうして、夢違いと呼ばれているのだ」

「悪い夢を良い夢に変えてくださるからですよ」

「なるほど、されば、無理をしてでも拝まねばなるまいな」

九年前と言えば、志乃はまだ洛北《らくほく》の八瀬で暮らしていた。わざわざ大和国の法隆寺へ出向き、夢違観音を拝んだことはないという。ご開帳の宝物には厩戸皇《うまやどのおう》子直筆《じ》の書などもふくまれていたが、夢違観音さえ拝むことができればそれで満足らしかった。

「お宝を運んできたのは、浄念《じようねん》なる偉い僧だとか」

「さあ、そこまではわかりませぬ」

このたびも先回を踏襲《とうしゆう》し、千代田城の三ノ丸御殿で事前にお披露目がおこなわれ、宝物を鑑賞した桂昌院の指図で三百両余りが寄進《きしん》された。諸大名や大身《たいしん》旗本の寄進も相次ぎ、出開帳の勧進元《かんじんもと》にとってはたいへんな実入りになったという。

「坊主丸儲けというわけか」

「しっ、お嬢さま、罰《ばち》が当たりますぞ」

猿婆に突っこまれ、志乃は可愛げにぺろっと舌を出す。

宝物の設《しつら》えられた堂宇からは、殷々《いんいん》と読経が響いてきた。

見物客は参道の端まで長蛇の列をなしており、なかなか前へ進めそうにない。

「日をあらためるか」

あきらめて踵《きびす》を返しかけたとき、堂宇のほうから侍がひとり小走りに近づいてきた。

「風見《かざみ》どのじゃ」

志乃が嬉しそうに言った。

風見新十郎《しんじゆうろう》は矢背《やせ》家への婿入りを競っている相手でもある。

「おはようございます」

足を止めても、息の乱れはない。鼻筋の通った顔は歌舞伎役者のようで、物腰も所作も付け入る隙を見出せなかった。

「志乃さま、かようなところにおられたのですか」

「あまりの混みように辟易《へきえき》としておった」

「されば、それがしに従《つ》いてきてくだされ」

風見は爽やかな笑顔をみせ、得意げに先導しはじめる。

「こたびのご開帳、武家伝奏《てんそう》の高野安春《たかのやすはる》さまも御墨付《おすみつ》きを与えておられます。伝奏屋敷に詰めるそれがしにお任せくだされば、鬱陶《うつとう》しい列に並ぶ必要はございませぬ」

「役得というわけだな」

求馬が皮肉めいた口調で漏らすと、風見は足を止めた。

「伊吹、おぬしは呼んでおらぬぞ」

と、意地の悪いことを言う。

睨みあうふたりのあいだに、猿婆《さるばば》が割ってはいった。

「くだらぬ諍《いさか》いはお止めなされ。風見どのもかような山出し者など相手にせず、早うお嬢さまをお連れくだされ」

「はっ」

求馬は納得できず、ふてくされた顔になる。

その顔があまりにおかしいのか、志乃はぷっと吹きだした。

四人は見物人の列を横目にしながら、御堂へはいっていく。

がらんとした御堂は薄暗く、人いきれで息が詰まりかけた。

風見は柵の外に立つ番士のそばまで行き、耳打ちをしながら小銭をそっと摑ませる。

志乃たちは列の先頭へ誘われ、並んでいる連中に怪訝《けげん》な顔をされながらも、気にせずに奥へと進んでいった。

仮設された柵に沿ってしばらく進むと、暗がりに丈の高い灯明《とうみょう》が灯されている。

忽然《こつぜん》と、観音像が浮かびあがった。

「……あ、あれにおわす。何と、神々《こうごう》しい」

志乃が漏らすとおり、目当ての夢違観音にちがいない。

繊細な顎の線としなやかな指先、薄い衣に包まれたまろやかなからだ、何と言っても優雅に微笑む尊顔に癒《い》やされる。

ちらちらと揺れる炎の映しだす陰翳《いんえい》が、黄金《こがね》色の立像に魂を吹きこんでいた。

両手を合わせて拝む者たちはみな、胸の裡で対話をしているような錯覚に陥《おちい》ることだろう。

志乃もすっかり魅入《みい》られている。

それにしても、何故、誘ってくれたのだろうか。

美しい横顔を盗み見ながら、裏があるはずだと、求馬は勘ぐった。

「拝んだら、さっさと外へ出よ」

気の荒そうな坊主どもが、出口のほうで叫んでいる。

後ろ髪を引かれるおもいで外へ出ると、宿坊《しゆくぼう》から迫《せ》りだした舞台の周囲に大勢の人々が集まっていた。舞台の前面には賽銭《さいせん》箱がいくつも並べられ、見物人たちは引きも切らずに銭を投じている。

舞台上には黄櫨染《きはだぞ》めの袈裟《けさ》を纏《まと》った僧が立っており、さきほどから説法をおこなっているようだった。

「浄念《じょうねん》さまであられます」

風見が畏《かしこ》まった様子で告げてくる。

丈は六尺（約一八二センチ）近くもあろうか、みるからに偉そうな浄念は法隆寺と厩戸皇子にまつわる縁起を滔々《とうとう》と語り、御仏《みほとけ》を拝む者には功徳があると繰りかえした。

人を惹きつけて離さぬ僧の語り口は、寄進を煽る常套《じょうとう》手段でもある。

求馬は眉を顰《ひそ》めたが、志乃は真剣な面持ちで説法に耳をかたむけた。

「ここにおられるのは鯖《さば》屋忠左衛門《ちゅうざえもん》どの、日本橋本町《ほんちょう》三丁目にある薬種問屋のご主人であられる。つい先だって、八つの娘子が神隠しに遭った。藁《わら》にも縋《すが》るおもいで夢違観音さまに祈ったおかげでご利益《りやく》があり、ほれ、ご覧のとおり、可愛い娘は父のもとへ戻ってまいった」

父と娘が手を繋いで舞台にあがると、満座から万雷《ばんらい》の拍手が沸きおこった。

求馬は期待を込めてみつめたが、戻ってきた娘は凜ではない。

拍手が鳴りやんだ途端、聴衆のひとりが絶叫した。

「まやかしじゃ。あやつは、まやかし坊主じゃ」

水を打ったような静けさのなか、浄念が声の主に顔を向ける。

求馬には、一瞬、浄念の眸子《まなこ》が赤く光ったように感じられた。

睨まれた男は声を失うどころか、身動きひとつできなくなる。

「不動金縛りの術か」

そっと漏らしたのは、志乃である。

ふたたび、浄念の声が響きわたった。

「まやかしとおもわばおもえ。されど、御仏のご加護でこのとおり、娘は戻ってまいった。さあ、みなの衆、祈るのじゃ。熱心に祈った者にはかならず、ご利益がある。持っている物をすべてこの場で放りだし、心を空っぽにするのじゃ。さすれば、悪い夢はすべて良い夢に変えられよう」

いかにも怪しげな説法だが、求馬でさえも術に掛けられたように気持ちが吸いこまれてしまう。

「あれをみよ」

志乃が叫んだ。

雨雲の垂れこめた曇天のもと、無数の銭貨が飛び交っている。

人々は狂ったように歓声をあげ、辺り一帯は祭りのごとき騒ぎになった。

「愚かなものよ。弱き者たちは強いことばに騙される。大勢が信じれば、嘘も真実《まこと》になりかわる」

たしかに、そのとおりだとおもう。

「室井さまから、浄念上人《しょうにん》を見張れとのお指図じゃ」

最後に、志乃は吐きすてた。

くそっ。

出開帳に誘われた理由はそれであったか。

お役目とわかり、求馬は肩を落とすしかない。

志乃は微動もせず、敵意の籠《こ》もった眼差しを浄念に向けた。

三

坊主の見張りなど御免蒙《こうむ》る、風見に任せておけばよいと、少し投げやりな気持ちになりつつ、求馬は秋元屋敷でいつもどおりの一日を過ごした。

七日後には選ばれた者たちが集う毒味作法の試問が控えており、室井からも「鬼役になるためには是が非でも突破せねばならぬ関門」と聞いているので、脇目も振らずに鍛錬《たんれん》を積まねばならぬところだが、いっこうに身がはいらず、気づいてみれば屋敷をあとにする刻限になっていた。

――ぬかあ、かあ。

鴉《からす》の間抜けな鳴き声を聞きながら不忍池の畔を歩き、立ち止まって周囲に目を凝《こ》らしても、凜のすがたはない。

「いったい、どうしちまったのか」

法隆寺の宝物を披露目する偉そうな坊主のことより、薬草を摘む童女の行方のほうが案じられる。

もちろん、何者かに拐《かどわ》かされたと決まったわけではない。風邪でもひいたのかもしれなかった。せめて、住まいだけでも聞いておけばよかったと、今さら悔いても詮無いはなしだ。

鬱々《うつうつ》としながら練塀小路の組屋敷へ戻ってくると、門前に白髪の町人が所在なく佇《たたず》んでいた。

求馬のすがたをみつけ、深々とお辞儀をする。

「伊吹求馬さまであられますか」

「ふむ、そうだが」

「手前は治兵衛、日本橋に店を構えた浅田屋《あさだ》という薬種問屋の隠居にございます。千駄木《せんだぎ》の団子《だんご》坂にある隠居先からまいりました……じつは、凜という孫娘の行方を捜しております」

「えっ」

驚きすぎて、ことばを失ってしまう。

治兵衛は縋るような眼差しでつづけた。

「伊吹さまならば、何かご存知あるまいかと……誤解なさらぬように。もちろん、伊吹さまを疑ってなどおりませぬ。凜が申しておりました。困ったことがあったら、助けていただけるお方だと。そのことばを、おもいだしたものですから」

「それはおそらく、それがしの師匠が凜に遺したことばであろう」

「元将軍家御毒味役、南雲五郎左衛門さまのことならば、よく存じあげております」

「まことか」

「はい、二十年ほど前になりましょうか。あるとき、南雲さまがふらりと店に訪ねてこられ、烏頭毒《うずどく》のことをお尋ねになりました。それ以来、折に触れてはお目に掛かり、南雲さまからいろいろなことを教わりました。もちろん、お腹を召された壮絶な最期も存じております。最後のお弟子であられた伊吹さまが介錯をなされたことも、とある筋から伺いました……申し訳ございませぬ、悲しい出来事をおもいださせてしまって」

南雲にはどうやら、凜を気に掛ける理由があったようだ。

しかし、今は凜の行方を捜すことが何よりも優先される。

「凜は不忍池へ千振を摘みにきておった。すがたを見掛けなくなって五日が経つ」

「五日前の夕刻、不忍池は靄に包まれておりました。手前は心配になり、凜を迎えにいったのでござります。されど、凜は池畔からすがたを消し、夜通し捜してもみつけられませんでした」

その日から八方手を尽くして捜してみたが、どうしてもみつからず、藁をも摑むおもいで求馬のもとを訪ねたのだという。

「凜から何か聞いておられませぬか」

「聞いておらぬ。わしも行方を案じておったところだ」

「やはり、世間で噂されている神隠しにござりましょうか」

蒼褪《あおざ》めた老爺《ろうや》の顔をみることもできない。

「池畔の叢《くさむら》でこれをみつけました」

そう言って、治兵衛は丸みを帯びた玉子大のものを差しだす。

求馬は手に取り、宙に透かしてみた。

「水晶玉か」

「龍の涙と申すお宝にござります」

「お宝」

「凜によれば、人々の行く末がみえる不思議な水晶玉なのだとか。それゆえ、手前はお宝と呼んでおりました。ひょっとしたら、それが悪党どもの狙いであったのかも」

「待ってくれ、凜とはどういう娘なのだ」

「手前と血は繋がっておりませぬ。回向院の御門前に捨てられていたのです」

「捨て子か」

「はい、懐中に母親の綴ったらしき文と水晶玉がはいっておりました」

「文には何と」

「どうか、この子をよしなにと、それだけにござります。あとは、凜という名と齢《よわい》、それから、龍の涙と。たった一行ではござりましたが、幼子を捨てざるを得なかった母のおもいは伝わってまいりました」

「ふうむ」

「今から八年前のはなしでござります。ちょうど、回向院では法隆寺御宝物の出開帳が催されておりました」

「出開帳と捨て子との関わりは」

「わかりませぬ。賑わいに乗じて、母親が捨てたとも考えられます」

日本橋本町三丁目の浅田屋は、九年以上前から娘夫婦が切り盛りしている。娘夫婦に凜を引き取る気はなく、老いた治兵衛がひとりで面倒をみてきたのだという。

「家内には先立たれたので、隣近所の親切な方々にお力を借り、どうにか育ててまいりました。凜は目に入れても痛くないほど可愛い孫娘なのでござります。あれに何かあったら、手前は生きていけませぬ」

どうにかしてやりたい気持ちは山々だが、捜しだす端緒《たんしょ》さえもみつからない。

いや、ひとつだけ端緒があるにはあった。出開帳で説法をおこなった浄念のことだ。たしか、鯖屋忠左衛門という薬種問屋の娘が神隠しに遭い、浄念に多額の寄進をしたところ、御仏のご利益で娘が戻ってきたと言っていた。

「じつは、手前も噂を耳にし、三日前の晩、浄念さまのもとをお訪ね申しあげました」

「寄進なされたのか」

「はい、最初は三百両ほど」

「最初は」

「お恥ずかしいはなしにござりますが、一昨日の晩も昨晩も伺いました。その都度、百両ずつ寄進申しあげました」

「都合、五百両か」

「今晩も伺うつもりでおります。凜が無事に戻ってくるのならば、一文無しになってもかまいませぬ」

怪しい。浄念にまんまと騙されているとしかおもえなかった。

「治兵衛どの、今宵、それがしも連れていってもらえぬだろうか」

そのことばを待っていたかのように、治兵衛はしっかりとうなずいた。

四

夜、求馬は治兵衛に連れられて回向院へやってきた。

出開帳に関わる一行が宿坊のひとつで寝泊まりしていると聞いたからだ。

すでに、治兵衛は五百両も寄進しており、浄念にとっては葱《ねぎ》を背負った鴨《かも》にみえるはずだった。突然の来訪でも、拒まれる恐れはなかろう。

はからずも、志乃を介して命じられた室井の密命に応じるかたちになったが、老中秋元但馬守との繋がりを隠すため、求馬は医者の見習いを装った。見習いならば、茶筅《ちゃせん》髷でなくとも怪しまれずに済む。扮装《いでたち》も変える必要はなかったが、帯に刀はなく、脇差だけしか差しておらぬせいか、腰の据わりがしっくりこない。

ともあれ、宿坊の奥にある殺風景な部屋へ導かれていった。

治兵衛の背後に控え、上座にでんと構える浄念に対峙する。

求馬のほうにちらりと目をくれたが、浄念は眉ひとつ動かさない。

みずからが御仏であるかのように、半眼で上から見下ろしてくる。

治兵衛は威圧を感じたのか、畳に両手をついて平伏した。

「今宵もおつきあいいただき、御礼申しあげます。さっそくにござりますが、御仏は手前の願いをお聞き届けくだされたのでしょうか」

「残念ながら、そなたの願いはまだ届いておらぬ。何故か、おわかりか」

逆しまに問い返され、治兵衛は亀のように首を伸ばす。

「もしや、五百両では足りぬと仰せで」

浄念は数珠《じゅず》を揉《も》みながら、豁然《かつぜん》と眸子を瞠《みは》った。そして、顔面を朱色に上気させ、腹の底から怒声を発する。

「喝《かつ》……っ」

虚仮威《こけおど》しにすぎぬとわかっても、仰け反るほどの威圧を感じてしまう。

治兵衛などは身を縮め、甲羅《こうら》の内に頭も手足も引っこめたようになる。

浄念は温和な顔に戻り、落ちつきはらった口調で喋りだした。

「よいかご隠居、足りる足りぬのはなしではない。すべては心のありようなのだ。同じ五百両でも、寄進する者によって価値は異なる。死ぬほどのおもいで寄進した一両と、生半可《なまはんか》な気持ちで寄進した五百両と、どちらに功徳を与えるべきかと申せば、おのずとこたえは出てこよう。鯖屋忠左衛門の娘が戻ってきたのは存じておるか」

「はい、存じております」

「鯖屋は身を削る覚悟で、御仏に祈りを捧げた。鯖屋だけではない。ここ数日だけでもご利益を得た商人は五指に余る」

「……ま、まことにございますか」

「まことじゃ。みな、娘が戻ってからも信心を重ねておる。日本橋のまんなかに一代で薬種問屋を築いたおぬしにとって、五百両がいったいどれだけの値打ちを持つと申すのか。まことに功徳を得たいのならば、身代《しんだい》のすべてを失う覚悟で祈念すべきではあるまいか」

「へへえ」

と、治兵衛はうっかり返事をしてしまう。

浄念のことばには、それほどの力があった。法隆寺という揺るがぬ後ろ盾があることも大きいのだろう。

だが、求馬は動じない。坊主の説法は騙《かた》りと紙一重だと、禅僧の慈雲から教わったからだ。意図せぬ騙りであろうとなかろうと、身分の高い坊主であろうとなかろうと、相手の弱味につけこんで寄進させるやり口は許し難い。

沸騰した怒りが熱となり、口から一気に吐きだされた。

「寄進すれば功徳を得られる。真実ならば、確たる証しをみせていただこう」

「なにっ」

浄念は眸子を吊りあげ、片膝立ちになる。

「不信心者め。おぬしは何者じゃ」

「しがない医者の見習いでござる」

「確たる証しをみせろと申したな。よし、みせてやる」

浄念がぱんと掌を打つと、小坊主が廊下の端から飛びこんできた。

「例のものを」

「はい」

浄念に命じられ、奥へ引っこんだ小坊主が木箱を抱えてくる。

木箱から取りだされたのは、何と、大きな水晶玉だった。

浄念は水晶玉を台座に置き、修験道《しゅげんどう》の行者《ぎょうじゃ》のごとく陀羅尼《だらに》の真言《しんごん》を唱えだす。

「オン・キリカクウン・ソワカ、オン・キリカクウン・ソワカ……みえたぞ、髷を銀杏《いちょう》返しに結った娘がおる。池の畔じゃ。薬草を摘んでおる」

求馬のみているまえで、治兵衛はからだごと吸いよせられていく。

「浄念さま、それは凜にござります」

「そうじゃ、おぬしの孫娘じゃ。わしは知らぬ。名も聞いておらねば、何処におったかも知らぬ。のう、そうであろう」

「はい、手前はひとことも喋っておりませぬ。その水晶玉に、凜がまことに映っておるのでしょうか」

「五日前の夕刻じゃ。おぬしの孫娘は池の畔で草を摘んでおった。早朝のごとく、あたり一帯は靄に包まれておった。おっ」

「……ど、どうなされた」

「腕じゃ。毛むくじゃらの腕が伸びて、娘の襟首を摑みおった」

「ひぇっ、まことにござりますか。凜は、凜はどうなったのでござりましょう」

浄念はじっと水晶玉をみつめ、何事かを発しようとする。

するとそこへ、さきほどの小坊主が駆け込んできた。

「お上人さま、たいへんです。御宝物の夢違観音さまが消えてなくなりました」

「なにっ」

浄念は水晶玉を覗きこみ、ふたたび、真言を唱える。

「オン・キリカクウン・ソワカ、オン・キリカクウン・ソワカ……みえたぞ、観音さまを盗んだ連中がおる。一大事ぞ、誰か、誰か」

浄念は立ちあがり、廊下に向かって歩きだす。

治兵衛は衣の裾に縋り、引きずられていった。

「……お、お待ちを。凜は、凜はどうなったのでござりましょう」

「ええい、邪魔だ」

浄念は裾を振り払い、治兵衛を床に転がしてしまう。

求馬は素早く身を寄せ、水晶玉を拾いあげた。

「映っておらぬ。何も映っておらぬぞ」

力任せに投げつけると、水晶玉は柱に当たって砕けた。

水晶玉ではなく、ただの硝子《ガラス》玉なのではあるまいか。

治兵衛は腰を抜かしたが、浄念は振り向きもしない。

廊下の向こうから、作務衣《さむえ》を纏った僧たちが駆けてくる。

浄念は声を荒らげた。

「盗んだ者らの見当《けんとう》はついた。まだ、寺領内におるぞ。寺社奉行所の捕り方を呼べ。されど、捕り方に先を越されてはならぬ。そやつらに天罰を与えるのじゃ。早う行けぃ……っ」

仁王立ちするすがたは、まるで、気の荒い僧兵の首領である。

求馬は恐怖を感じた。盗人《ぬすっと》のひとりとして成敗される恐怖だ。

五

求馬は治兵衛を堂宇に残し、屈強そうな僧たちの背にしたがった。

盗人一味は寺領から脱し、両国《りょうごく》橋の垢離《こり》場《ば》に近い石置場《いしおきば》へ向かったという。

「盗人は五、六人じゃ」

鉢頭《はちあたま》の僧が叫んでいる。

そこへ、若い僧が駆けつけてきた。

「持国《じこく》どの、盗人どもを追いこみましてござる」

「よし、わかった」

持国と呼ばれた僧はみずから薙刀《なぎなた》を携え、十数人からなる「僧兵」の一団を率いている。盗人一味は先回りした別の僧たちに行く手を遮《さえぎ》られており、左右に石の積まれた袋小路に追いこめそうだと聞き、求馬は妙な気分になった。

ずいぶん都合よく追いこめたものだ。注目すべきは僧たちの水際だった動きである。少なくとも、手慣れた仕種で刃物を操る僧たちが経を読むだけの連中でないことはわかった。

石置場に着いてみると、すでに激しい剣戟《けんげき》が繰りひろげられている。暗がりのなかで、松明《たいまつ》を掲げた僧たちが駆けまわり、金音に混じって断末魔《だんまつま》の声も聞こえてきた。

「それ、ひとり残らず斬り捨てよ」

鬼の形相で叫ぶのは、鉢頭の持国である。

もはや、人々の平穏を祈念する僧ではない。

石置場は殺戮場《さつりくば》と化し、一瞬にして戦乱の闇へ突きおとされたかのようだった。

「ほれ、ここにもおったぞ」

僧のひとりが叫び、求馬の背中に斬りつけてきた。

幅広の刃は、騎馬武者の馬を斬る斬馬刀《ざんばとう》である。長さも重さもあるため、膂力《りょりょく》に自信のある者でなければ、容易に使いこなすことはできない。

——ぶん。

刃風が鬢《びん》を嘗《な》めた。

日頃から鍛錬を欠かさぬ者の太刀筋だ。

「待て、わしはちがう」

大声で叫んでも、相手は聞く耳を持たない。

脇差を抜くわけにもいかず、求馬は独楽鼠《こまねずみ》のように逃げまわった。

逃れたとおもったところへ、大きな人影が立ちふさがる。

「いえぃ……っ」

鋭い気合いとともに、薙刀の刃が襲いかかってきた。

鼻先でどうにか躱し、青眼に構えなおす相手と対峙する。

不敵な笑みを浮かべるのは、持国にほかならない。

「待ってくれ、わしは盗人ではない」

「ふん、命乞いか。往生際の悪いやつめ」

「はなしを聞け。わしは薬種問屋の従者だ。寄進をしにまいったのだぞ」

「戯れ言を抜かすな」

二の太刀が足許を掬《すく》った。

跳びはねて避けると、横合いから頬被《ほっかむ》りの盗人が飛びこんでくる。

「ひぇっ」

持国のまえで棒立ちになった。

手には匕首《あいくち》すら握っていない。

にもかかわらず、持国は薙刀を払いあげた。
——ずばっ。
胸を裂かれた盗人は、声もなく倒れてしまう。
求馬は踵《きびす》を返した。
何を言ったところで、相手は聞く耳を持たぬ。
惨状を背にして、石置場から離れるしかなかった。
だが、持国は執拗《しつよう》に追いかけてくる。
「うわっ」
求馬は屍骸に躓《つまず》き、地べたに転んだ。
「逃さぬぞ」
持国は宙に跳び、薙刀を高々と掲げる。
「死ねっ」
——がつっ。
求馬は振り向きざま、脇差を抜いた。
白刃を弾き、横転しながら起きあがる。
すかさず、薙刀が真横から襲いかかってきた。

顎のしたを嘗められ、尻餅をつきそうになる。

尋常な力量ではない。正直、求馬は驚いていた。

逃げ腰ではなく、死ぬ気で闘わねば斬られる。

やらねばなるまい。

ぐっと踏みとどまり、求馬は脇差を青眼に構えた。

空気がぴんと張りつめ、双方が踏みだそうとしたとき。

「待て」

背後から、太い声が掛かった。

持国が薙刀を納め、片膝をついてお辞儀する。

振り向けば、浄念が仁王立ちしており、背後には御用提灯が壁のようにそそり立っていた。

「持国、そのものは盗人にあらず。薙刀を納めよ」

「はっ」

松明《たいまつ》で照らされた地べたには、盗人どもの屍骸が転がっていた。

寺社奉行所の捕り方たちは、これだけの惨状にも指を咥《くわ》えてみているだけなのか。

盗人相手の捕り物とはいえ、いくら何でも残虐すぎはしないか。

求馬が口をへの字に曲げたところへ、若い僧がやってくる。

両手に抱えた夢違観音像を、うやうやしく差しだした。

浄念がこれを受けとり、満足げにうなずいてみせる。

「お宝を盗もうとする者は、かならずや報いを受ける。われら法隆寺一門の権威ともども、そのことを遍《あまね》く衆生《しゅじょう》に知らしめよ」

もしかしたら、それこそが殺戮《さつりく》の狙いだったのではないかと、求馬は勘ぐった。

盗人一味を自分たちで退治した出来事は、浄念たちの信頼をいっそう深め、御仏のご利益は本物だという噂が江戸じゅうに広まり、蜜に群がる虫のように人々が集まれば、寄進のほうも雪だるまのごとく増えていくことだろう。

颯爽《さっそう》と袖をひるがえす浄念のもとへ、斬馬刀を提げた僧が駆けつけてきた。

「ひとり逃しました。手負いのまま、川へ飛びこんだ模様です」

「何じゃと。捜せ、草の根を分けてでも捜しだせ」

浄念は眦《まなじり》を吊りあげ、かたわらに侍る持国の鉢頭を撲《なぐ》った。

「申し訳ござりませぬ」

持国は一礼し、僧たちを率いて大川《おおかわ》の汀へ向かう。

浄念も背を向け、山門のほうへ遠ざかっていった。
求馬は下流へ向かう一団を目で追い、ひとりだけ上流のほうへ歩きだす。
満潮のとき、大川は緩《ゆる》やかに逆流する。そのことをわかっていたからだ。
両国橋の東詰めから駒留橋《こまどめばし》を渡り、武家地を抜けて墨堤《ぼくてい》に行きついた。
さらには墨堤に沿って進み、横網町《よこあみちょう》のさきで汀に目を凝らす。
蛇行する川の氾濫《はんらん》を防ぐために、無数の杭が立てられていた。
百本杭《ひゃっぽんぐい》と呼ばれる一帯は、土左衛門《どざえもん》が流れつくことで知られている。
満潮で川が逆流すれば、流された者はかならず百本杭の何処かに引っかかるはずだ。
おもったとおり、それらしき人影をみつけた。
求馬は裾をたくしあげ、ばしゃばしゃと水飛沫をあげながら川にはいっていく。
臍《へそ》のあたりまで潜ったところで、俯《うつぶ》せになった男の背中に手が掛かった。
仰向けにひっくり返し、首筋に手で触れると、まだ脈はある。
ただ、肩口をざっくり斬られており、傷はかなり深い。
「おい、起きろ、目を覚ませ」
頬を張ると、男は薄目を開けた。

胸を強く押せば、ぷっと水を吐く。

「ぷはあっ……ち、畜生……だ、騙された」

男はか細い声を漏らした。

「誰に騙されたのだ」

求馬は男の口に耳を近づけた。

「……じょ、浄念だ……か、騙り坊主め」

男は憎々しげに吐き、がくっと頭を垂れた。

やはり、助かる見込みはなかったのだ。

屍骸を運ぶわけにもいかず、求馬はその場から離れた。

盗人どもは浄念に騙され、お宝の仏像を盗んだふりをしたのだろうか。

男の言ったとおりに騙りだったとすれば、やはり、寄進を集めるためにでっちあげた騒ぎだったのかもしれない。

浄念はまことに僧なのかと、疑いたくもなってくる。

ひょっとしたら、出開帳そのものが大仕掛けの騙りなのではあるまいか。

漆黒《しっこく》の川面を睨みつけ、求馬は胸の裡《うち》に問いかけた。

六

陽の重なる重陽《ちょうよう》は不吉とされ、唐土《もろこし》では吉《きち》に転じるための邪気払いや不老長寿を祈念する行事が盛んに催された。日《ひ》の本《もと》では菊の節句を祝う。江戸市中でも菊の鉢植え栽培が随所でおこなわれ、寺社の境内などでは咲かせた菊の出来栄えを競う催しなども見受けられる。

回向院の門前には磔柱《はりつけばしら》が立ち、菊の代わりに盗人一味の屍骸が晒された。門前は黒山の人集《だか》りとなり、女や子どもまでが屍骸に石礫《いしつぶて》を投げたという。寺社奉行の許しを得ておこなわれた見懲らしの刑とも聞いたが、あまりに凄惨な光景ゆえか、半日もせぬうちに磔柱は取り払われた。

「酷《ひど》いはなしだな」

百本杭で今際《いまわ》に漏らした男のことばが真実なら、盗人一味を雇って夢違観音像を盗ませたのは浄念ということになる。裁かれるべきは、浄念たちのほうであろう。

求馬は回向院へ向かわず、日本橋本町三丁目の鯖屋へやってきた。

浄念に多額の寄進をおこない、娘を無事に取り戻した薬種問屋の店だ。

帯に大小を差していながらも、医者の見習いとして主人に面談を求めた。娘が拐かされた情況について何かおぼえているかもしれぬと考えたのだ。

知りあいの娘が神隠しに遭った、何とかしてみつけだす端緒を得たいと、来訪の切実な理由を告げたにもかかわらず、娘はもちろんのこと、主人や内儀《ないぎ》も顔をみせてくれなかった。対応した番頭の態度は悪く、門前払いされたあげくに塩でも撒《ま》かれかねない勢いだった。

仕方なく店から離れ、ひとつさきの辻を折れたところへ、誰かが後ろから小走りに追いかけてきた。

足を止めて振りかえると、前垂れ姿の町人が息を切らしている。

「お待ちを。鯖屋の手代にござります」

期待を込めてうなずくと、手代は息を整えてから喋りはじめた。

「さきほど、物陰から窺っておりました。神隠しに遭われた娘さんを捜しておられるとか」

「そうだ、すがたを消して六日目になる」

「六日も。それはさぞかし、ご心配であられましょう。じつは、お嬢さまが妙なおはなしを。それだけでもお伝えせねばとおもいました」

親切心から、わざわざ追いかけてきたらしい。

「旦那さまはおもいだしたくもないのか、お嬢さまに降りかかった凶事について いっさい喋ろうとなさいませぬ。番頭さんも旦那さまのお気持ちを汲まれ、不幸な出来事について尋ねてくる者があれば、誰であろうと門前払いにせよと、奉公人たちに指図いたしました。それゆえ、内々の者を除けば、どなたもご存知のないはなしにござります」

「さように大事なはなしをしてもらえるのか」

「じつは、同じように悩んでおられる方が何人かおみえに。そのたびに、お伝えすべきかどうか迷ったあげく、機を失っておりました。されど、このまま口を噤《つぐ》んでおれば天罰が下るやもしれぬとおもい、必死に追いかけてまいったのでござります」

「運にめぐまれたな。それで、娘から何を聞いた」

「はい。お嬢さまはお稽古の帰り道で何者かに襲われ、目隠しまでされて駕籠に押し込められたそうです。そして、半刻《はんとき》（一時間）ほども駕籠に揺られ、あるところへ連れて行かれたと仰いました」

「あるところ」

「何処かはわかりませぬ」

駕籠から降ろされ、娘は目隠しをされたまま抹香臭《まっこうくさ》い屋敷の内へ導かれた。当て身を食らって気を失い、目を覚ましたときは殺風景で薄暗い部屋の床に寝かされていたという。目隠しは外され、縄もさほどきつく縛られてはいなかった。だが、恐ろしくて逃げようとはおもわなかった。しかも、襖一枚隔てた向こうからは、啜り泣きが聞こえてくる。同じ目に遭った娘がいるのだとおもい、いっそう気持ちが萎《な》えたが、やがて、啜り泣きは聞こえなくなった。

何刻も放っておかれ、空腹に耐えかねていると、襖の向こうから「目を瞑《つむ》れ」と声が掛かった。命じられたとおりにすると、開かれた襖の向こうから人の気配が近づいてきた。恐ろしくて震えていると、ふたたび、目隠しをされた。

「食べ物と呑み物が運ばれてきたそうです」

縛り方が緩かったせいか、目を隠す布がわずかにずれ、襖の向こうに一瞬だけ何かがみえた。

「何がみえたのだ」

「夢違観音さまにござります」

「何だと」

娘は神々《こうごう》しい観音像を確かにみたと言っている。ただし、観音像以外は何もみなかった。恐ろしくて、ずっと目を開けていられなかったのだ。

「連れていかれたさきは、回向院か」

「手前も、そのようにおもいました」

娘は食べ物を摂《と》ったあと、ふたたび眠りに就き、起きてみたら別の部屋に移されていた。いや、いつの間にか、助けだされていたと言うべきかもしれない。御堂の伽藍《がらん》に座っていると、黄檗染めの袈裟を纏《まと》った徳の高そうな僧があらわれたのだ。

「浄念だな」

「はい。『おぬしは御仏のご加護によって救われた』と、浄念さまは仰せになり、しばらくすると、旦那さまと再会できたそうです」

娘は嬉しくて泣きながらも、妙な気持ちになった。無理もなかろう。拐かされたさきで、夢違観音像を目にしたのだ。理由などわからぬが、拐かされた連中に救われたのかもしれないとおもったらしい。

「八つの娘でも、それくらいはわかろうからな」

娘は店に戻ってから、拐かされた経緯や夢違観音像のことを必死に訴えたが、浄念のおかげで救われたと信じる鯖屋の主人夫婦は聞く耳を持たなかった。それゆえ、娘は常日頃から親しくしていた手代に向かって、同じはなしを繰りかえしたという。

「お嬢さまは人集めに利用されたのではないかと、手前は秘かにおもっております。罰当たりなことを申すなと、旦那さまは手前の考えを一蹴《いっしゅう》なされました。浄念さまを心の底から信じておられるのです」

「いったい、いくら寄進したのだ」

「一千両にござります。それでお嬢さまが戻ってくるなら、安いものだと仰って」

まんまと口車に乗せられたとしかおもえない。

だが、一千両で凜が戻ってくるのならば、治兵衛も喜んで寄進するはずだ。

もっとも、治兵衛自身が言ったように、相手が「龍の涙」と呼ばれる不思議な水晶玉を欲しているのならば、はなしはちがってくる。

手代に礼を言い、求馬は急ぎ足で歩きはじめた。

行く先は市ヶ谷、浄瑠璃坂を上ったさきの御納戸町である。

やはり、浄念は騙りにちがいなく、凜や別の娘たちは回向院の何処かに軟禁されている公算が大きい。かといって、寺領は広く、宿坊もひとつではない。ひとりでは捜し当てる自信がないため、志乃に助っ人を頼もうとおもったのだ。

凜という娘が拐かされた経緯も、ひととおりは説いておかねばならない。

七

志乃は御納戸町の屋敷におり、求馬のはなしにじっと耳をかたむけた。

求馬は隠居の治兵衛とともに浄念のもとを訪ね、盗人騒ぎに巻きこまれた経緯を訥々《とつとつ》と語り、南雲の遺志を継いで凜と親しくなったくだりでは涙ぐんでしまった。

志乃が今までにない反応をみせたのは、凜が肌身離さずに持っていた「龍の涙」のはなしをしたときだ。ごくっと唾を呑みこみ、遠くをみるような眼差しをした。あきらかに、不思議な水晶玉のことを知っている様子だったので、そのことを確かめようとすると、志乃は問いを拒むように唇をきつく結んだ。

代わりに、猿婆が口を開いた。

「浄念たちが騙りであろうことは、すでに見当がついておる。金持ちの娘たちを拐かしたこともな」

猿婆によれば、今わかっているだけでも凛以外に三人の娘が行方知れずになっているという。

「ならば一刻も早く、娘たちを救いに行かねば」

「何処へ行く」

「回向院にきまっておろう」

「浅はかなやつめ。娘たちが繋がれておるさきは、回向院ではないぞ」

「えっ」

猿婆は浄念の手下どもを張りこみ、夜陰《やいん》に乗じて使いに出された若い僧に狙いを定めた。尾行してみると、見込んだとおり、娘たちが軟禁されているであろう場所へたどりついた。

「木場《きば》のぼろ屋敷じゃ」

没落した旗本の抱《かかえ》屋敷で、今は誰も使っていないらしい。

「見張りが四、五人おった。娘たちは屋敷の内に繋がれておろう。今宵、そやつらにみつからぬように忍びこまねばならぬ。みつかれば、娘たちの命が危うくなないからだという。

「捕り方に助けを求めぬ理由も、手荒なやり方で娘たちを危ない目に遭わせたくないゆえな」

「凜……」

睫《まつげ》を伏せた志乃が、ぽつりと漏らす。

聞き間違いであろうか、求馬はおもいきって尋ねた。

「凜という娘をご存知なのですか」

志乃は振り向かずに言った。

「おぬしに関わりはなかろうが」

怒りの込められた物言いに、応じることばもない。

気まずい空気を拭えぬまま、日が暮れていった。

志乃は庭に降り、植込みの端まで歩を進める。

見事に咲いた菊の鉢植えが、三つほど並んでいた。

志乃は鉢植えの手前に屈むと、袂から綿を取りだす。

少しずつ綿をちぎって、葉のうえに載せていった。

「着せ綿《わた》か」

重陽の翌朝、朝露をふくんだ綿で身を拭くと、老いを遠ざけることができるという。

市井《しせい》の慣習を律儀に守ろうとする様子が健気《けなげ》にみえ、男勝《まさ》りで猛々《たけだけ》しい志乃の印象とかけ離れているせいか、求馬は新鮮な感動をおぼえた。

「まいるぞ」

猿婆に促され、志乃ともども屋敷から外へ出る。

木場までは、かなり遠い。歩くのは苦にならぬが、猿婆は神楽《かぐら》坂下から小舟を仕立てた。神田川をぐるりと巡り、柳《やなぎ》橋の注ぎ口から大川へ漕ぎだす。あとは流れに任せて対岸へ向かい、墨堤に沿って南下する。深川佐賀町《さがちょう》の手前で舳先《へさき》を左に向け、上之《かみ》橋を潜って仙台《せんだい》堀を斜めに突っ切った。

深川の町人地を右手に眺めつつ、亀久《かめひさ》橋の下を潜れば、縦横に堀川の交差する木場に行きつく。船頭は猿婆の指図にしたがい、複雑に交差する堀川を右に左に船を繰っていった。

たどりついたさきは洲崎《すざき》弁天社の近くだが、土地に不馴れなので正確な位置はわからない。

空には群雲が渦巻き、水面は漣《さざなみ》立っている。

めざす屋敷は、すぐにわかった。両隣に屋敷はなく、暗がりのなかに平屋が一軒だけぽつんと建っている。

猿婆は勝手知ったる者のごとく、脇道から裏手へまわった。

練塀の欠けた箇所があり、縄梯子などを使わずとも楽に侵入できた。

猿婆が顎をしゃくる。

表口のあたりに、篝火《かがりび》が焚《た》かれていた。

薙刀を提げた僧がふたり、笑いながら軽口を叩きあっている。

「あのふたり、おぬしに任せた」

「えっ」

「眠らせてこい」

「よし、わかった」

猿婆に命じられて闇に紛れ、抜き足差し足で迫る。

突如、旋風が吹きぬけ、篝火の炎が消えかかった。

求馬はすかさず身を寄せ、手前のひとりに当て身を食わせる。

――ずさっ。

気づいたもうひとりは、首筋に手刀をきめてやった。

やったぞと振りかえっても、志乃と猿婆のすがたはない。

別の侵入口から母屋のほうへまわっていた。

求馬は顔を顰め、表口から踏みこむ。

偶《たま》さか歩いてきた若い僧と目が合った。

「あっ」

まずい。

さっと近づき、拳で顎を撲る。

相手は白目を剥いたが、倒れなかった。

「……く、くせもの」

背後に向かって叫び、ようやく気を失う。

屋敷の内から、どやどやと跫音《あしおと》が聞こえてきた。

「ちっ」

薙刀を提げた僧たちが五人もいる。

みつかった以上、覚悟を決めるしかない。

求馬は刀を抜き、腰を落として身構えた。

「囲め、囲め。賊はひとりじゃ」

篝火に火が点けられた。
三方から囲まれ、じりじりと築地塀《ついじべい》のほうへ追いつめられる。
「やっ」
僧のひとりが正面から斬りつけてきた。
小手調べのつもりで、薙刀の刃先を突きだしたのだ。
求馬は刃先を躱しながら反転し、間合いを瞬時に詰める。
相手の懐中に飛びこみ、胸乳《むなぢ》を雁金《かりがね》に斬った。
——ばすっ。
いや、斬ってはいない。
寸前で峰に返し、昏倒《こんとう》させただけだ。
「できるぞ、抜かるな」
ほかの四人が殺気を膨らませる。
一斉に斬りつけてくるつもりだろう。
そのとき、篝火の炎が大きく揺れ、建物から猿婆が飛びだしてきた。
十ほどの娘たちが三人つづき、最後に娘をひとり抱えた志乃がすがたをみせる。
「あっ、ほかにもおったぞ。娘たちを奪われるな」

背をみせたひとりに追いすがり、ずばっと背中を裂いた。

致命傷にならぬように手加減したつもりだが、相手は血まみれになる。

大股で娘たちに向かった別の僧は、猿婆に鉈《なた》で脳天をかち割られた。

残るふたりは猿婆と求馬に前後から挟まれ、背中合わせに身構えるしかない。

その間隙《かんげき》を衝《つ》き、志乃は娘たちを外に逃がした。

猿婆がどうしたわけか、後退《あとずさ》りしはじめる。

「あとは任せる。頼んだぞ」

踵を返し、志乃たちを追いかけた。

僧たちも駆けだしたが、求馬が必死にまわりこみ、盾となって立ちふさがる。

「死ねっ」

ひとりが斬りかかってきた。

鼻先に迫った刃を弾き、懐中に飛びこむ。

柄尻《つかじり》で顎を砕くや、相手は呆気なく倒れた。

最後のひとりは、百貫近くありそうな体つきの僧だ。

薙刀の柄を片手で摑み、力任せに頭上で旋回させる。

——ぶん、ぶん、ぶん。

回転の狭間《はざま》を見極め、求馬は低い姿勢で突進した。

足先から滑りこみ、股間をおもいきり蹴りつける。

「ぐえっ」

苦悶《くもん》の表情で蹲《うずくま》る僧の頭に、峰打ちの一撃を見舞った。

「やっと終わったか」

屋敷に背を向けたところへ、誰かの悲鳴が聞こえてくる。

「ぎゃああ」

男ではないし、子どもでもない。それだけはわかった。

放っておけず、母屋へ走る。

暗い廊下を進むと、襖の向こうに人の気配があった。

襖を開けて内を覗けば、奥のほうに灯明が揺れている。

「あっ」

小さな老婆がひとり、置物のように座っていた。

「どうした、大丈夫か」

声を掛けても反応はない。

一歩、二歩と、求馬は慎重に近づいた。

手が届くところまで迫ったとき、皺顔の老婆がぱっと眸子を見開いた。

「うひょひょ、魚が網に掛かったわい」

「なにっ」

つぎの瞬間、立っていた畳が抜け落ちる。

「ぬわっ」

凄《すさ》まじい勢いで奈落《ならく》に吸いこまれ、求馬の意識は暗転した。

八

どれだけの刻が経ったのか、強烈な痛みのせいで目を覚ました。

寒い。

壁面は岩のように固く、底には水が溜まっている。

井戸であろうか。

水のない縁に身を寄せると、爪先で何かが蠢《うごめ》きだした。

鼠《ねずみ》だ。

「うえっ」

痩せた鼠どもが、爪先を突っついている。

「うわっ、寄るな」

叫びながら足を振ると、鼠どもは逃げだした。

爪先からは血が流れている。

拇指《おやゆび》から甲のあたりまで、裂傷を負っていた。

たいした傷ではないが、水牢に浸かったままでは化膿しかねない。

鼠に齧《かじ》られたのか、それとも、穴に落ちたときに負った傷なのか。

着物の袖を裂き、足の甲をきつく縛った。

ほかに傷を負っていないか確かめる。

擦り傷以外に大きな傷はなかった。

底に溜まっていた水のおかげか。

かなりの深さまで落ちたはずだった。

見上げてみれば、井戸並みに深そうだ。いくら何でも深すぎる。おそらく、落ちたのはこの穴ではあるまい。

上蓋の節穴《ふしあな》から、わずかに光が射しこんでいる。

か細い光のおかげで、鼠や足の傷が把握できたのだろう。

「……あの光」

陽の光だとすれば、今は日中ということになる。

まさか、朝になるまで気を失っていたというのか。それは、おかしい。異変に気づいた志乃と猿婆が、夜のあいだに助けに来なければおかしい。

考えられることはひとつ、気を失っているあいだに、木場のぼろ屋敷から別のところへ移されたのだ。考えたくもなかったが、やはり、移されたにちがいない。

それゆえ、志乃たちは助けに来られなかったのだろう。

「くそっ」

求馬はがっくり項垂《うなだ》れた。

悲鳴に誘われて母屋に向かい、まんまと罠に掛かった。

それにしても、薄気味悪いあの婆さまは何者なのだろうか。

ひょっとしたら置物かもしれず、生きていたのかどうかも、今となっては判然としない。

喉が渇いたし、腹も減った。

節穴から光が漏れてこなくなると、井戸のなかは漆黒《しっこく》の闇と化す。

「おい、誰か」

声を張ってみたが、人の気配は近づいてこない。

誰もいないのだ。

真っ暗闇の「水牢」で、眠ることもできずに震えつづけた。

それでも、いつの間にか眠りに落ち、何かの物音で起きた。

真上の節穴は暗いままだが、人の喋り声が聞こえてくる。

かたっと、蓋が開いた。

真上から何かが、するする降りてくる。

手を伸ばして、摑んでみた。

ありがたい、縄梯子だ。

「おい、生きておるか」

上からの声が反響した。

「……い、生きておるぞ」

「よし。大小を抱えて、上ってこい」

「えっ」

言われてはじめて、大小がそばにあることに気づいた。

何故、奪われなかったのか、それとも見落としたのか。どっちにしろ、荒っぽい坊主どもが、大小ともども無造作に「水牢」へ放ったのだろう。

求馬は刀と脇差を帯に差し、縄梯子に足を掛ける。

ぐらぐら揺れて、足がおもいどおりに動かない。

踏んばりがきかないのは、長時間水に浸かっていたせいだろう。

それでも、必死に縄梯子を摑み、少しずつ上っていった。

「ほら、もうすぐじゃ」

上で待つ僧の顔がみえてくる。

最後の梯子に手を掛けたとき、待ったを掛けられた。

「大小を寄越せ」

命じられたとおり、刀と脇差を一本ずつ差しだした。

僧はふたりおり、鉢頭のほうがその場で刀を抜きはなつ。

「ふふ、おもったとおり、銘刀ではないか」

持国と呼ばれていた浄念の手下だ。

「こいつは貰っておこう」

「……ま、待ってくれ」

「ん、まだ、そこにおったのか」

持国は手にした斧《おの》を振りあげ、梯子の片側を断った。

「うわっ、待て」

求馬は片手で必死にぶらさがる。

「何を待つ」

持国が斧を振りおろすと、縄梯子は井戸の底に落ちていった。

求馬は落ちない。井戸の縁に指先を引っかけ、どうにかぶらさがっている。

「持国さま、こやつ、落ちませぬぞ」

「ほう、そうか」

持国は惚《とぼ》けた口調で言い、縁に掛かる指先をめがけて斧を振りおろす。

――がつっ。

刹那《せつな》、求馬は奈落の底へ落ちていった。

――ばしゃっ。

水飛沫があがる。

底は浅く、背中を強《したた》かに打った。

「ぬぐっ」

息が詰まり、起きあがることもできない。

だが、求馬は起きあがった。

断たれる寸前で手を放したので、指も失っていない。

「……く、くそったれ」

這いつくばってでも、生きぬいてやる。

持ち前の負けん気が、むっくり頭を擡《もた》げていた。

許さぬ。やつらは、ぜったい許さぬ。

生きて「水牢」から脱けだし、かならずや、天罰を与えてやる。

ごくごくと、汚れた水を呑んだ。

あいかわらず、壁の縁には鼠どもがちょちょろしている。

真上はふたたび蓋でふさがれ、節穴から陽の光が射しこむまで、永遠とおもわれるほどの刻を過ごさねばならなかった。

九

薄らぐ意識のなかで、求馬は公方綱吉の御膳に並ぶ食べ物の毒味をしていた。

夢か現実《うつつ》かもわからない。ただ、十五日に毒味の試問を受けよと、室井に命じられたのはおぼえている。年に一度、御家人の希望者すべてに課される試問で、皆藤左近《かいとうさこん》を筆頭とした膳奉行が厳正に審査する。

御家人が旗本に昇進できる好機なだけに、希望者はかなり多い。十人のうちひとり受かればよいほうだとも言われており、試問を通過できなければ、鬼役になる道は閉ざされる。もちろん、矢背家への婿入りもあきらめねばならない。

室井から「南雲五郎左衛門の弟子が落ちるはずはなかろう」と笑われたが、試問を受けることができねば、はなしにならない。そうした気持ちが焦りを生んだのか、求馬は真っ暗な「水牢」のなかで箸を動かすまねをしていた。

それでも長くはつづかず、途中で意識を失ってしまう。目覚めて天井を見上げても、節穴に光が射しているときとそうでないときがあった。もはや、持国に縄梯子を断たれてから何日経ったのかも判然としない。

いずれにしろ、志乃の助けは期待できず、自力で何とかしなければとおもっていた。

からだは冷えきっていて、おもいどおりに動かぬが、わずかばかりの気力だけは燃え滓《かす》のように残っている。

どうにかして、上まで這いあがることはできないか。

そうおもっているところへ、人の声が聞こえてきた。

「あやつ、死んだかもしれぬぞ」

「それはまずい。何者なのか吐かせろと、持国さまに命じられておる。女郎《じょろう》を只で抱かせてやるゆえ、おぬし、ちとみてまいれ」

縄梯子がするする下がり、坊主頭がひとり降りてきた。

手にした龕灯《がんどう》を照らし、慎重に近づいてくる。

求馬は水のなかに半分浸り、じっと目を瞑った。

坊主頭が爪先で脇腹を突っつき、それでも動かずにいると、指で首筋に触れてくる。

「どうじゃ」

上から声が掛かった。

「からだが冷たい。されど、脈はある。どうする、引きあげるなら、縄や戸板を用意せねばなるまいぞ」

「よし、一度上がってこい」

「わかった」

返事をした坊主頭の背後に、求馬はゆらりと立ちあがる。

後ろから掌で口許をふさぎ、腕で首を絞めて昏倒させた。

坊主頭を仰向《あおむ》けに寝かせ、龕灯を拾いあげる。

「おい、平気か」

上からの問いに、龕灯で応じた。

そして、歯を食いしばり、縄梯子を上りはじめる。

手足がぶるぶる震え、力を入れようとしてもうまくいかない。

だが、ここは生きるか死ぬかの瀬戸際、あきらめるわけにはいかなかった。

必死の形相で縄梯子に食らいつき、どうにか縁に手が掛かる寸前まで上りきる。

「やれやれ、面倒なことになったな」

上の僧が溜息を吐き、覗きこんできた。

ここぞとばかりに、ひょいと龕灯を翳《かざ》す。

「うっ、眩《まぶ》しいぞ」

わずかな間隙を衝き、右腕を伸ばした。

相手の襟首を摑み、力任せに引きよせる。

「ぬわっ」

宙に泳いだ相手は、奈落へ落ちていった。

――ばしゃっ。
水飛沫があがる。
求馬は這いあがり、何とか外へ転がりでる。
やはり、落とされたのは古井戸のようだった。
仰向けになると、群雲の狭間に無数の星がみえる。
「……や、やった」
が、油断はできない。
見張りがほかにいるかもしれなかった。
井戸のそばには、荒れ放題の屋敷がある。
物陰まで這っていき、じっと気配を探った。
誰もいないと確信し、どうにか立ちあがって足を引きずる。
叢を掻き分けて歩き、朽ちた木戸の隙間から敷地の外へ逃れた。
「……こ、ここは何処だ」
すぐそばに、堀川が流れている。
潮の香りを嗅《か》ぎながら、古びた木橋を渡った。
大路をまっすぐに進むと、広小路のようなところへ行きあたり、右手をみれば大きな鳥居が聳《そび》えている。

「……え、永代寺」

門前町であった。

罠に落ちたぼろ屋敷と古井戸は、さほど離れていなかったのだ。

一の鳥居の手前まで進むと、湯気に包まれた蕎麦《そば》屋の屋台がみえてくる。

ぐうっと、腹の虫が鳴いた。

求馬は前屈みになり、屋台までたどりつく。

「いらっしゃ……」

親爺《おやじ》は言いかけ、唾を呑みこんだ。

求馬が餓鬼《がき》か何かにみえたのだろう。

「……す、すまぬ……み、水をくれ」

出された水を一気に呑み、げほげほ噎《む》せながら外へ転げでた。

吐こうとしても何も吐けず、目から涙だけが零《こぼ》れてくる。

屋台の外には、丼を抱えた客がいた。

厚化粧の剝《は》げかかった夜鷹《よたか》である。

「ちょいと、お侍さん、平気かい」

「……い、今、何刻《なんどき》だ」

「亥《い》ノ刻（午後十時）を過ぎたばかりだよ」

「……な、何日だ」

「十三夜にきまってんだろう、ほら、お月さんもやっと顔を覗かせた」

夜鷹につられて空を見上げれば、わずかに欠けた月が煌々《こうこう》と輝いている。

長月十三日は後《のち》の月《つき》、験《げん》を担いで月を愛《め》でる日だ。ぼろ屋敷の罠もふくめれば、井戸の底に丸四日も閉じこめられていたことになる。

「くそっ」

求馬は月を睨み、悪態を吐いた。

すうっと気が遠くなり、ごろんと仰向けになる。

「あらあら、このお侍、どうしちまったんだろうね」

夜鷹と親爺が上から覗きこんできた。

求馬は返事をする代わりに、ぐうっと腹の虫を鳴らす。

「なあんだ、そういうことかい。親爺さん、このひとに月見蕎麦を一杯、あたしのおごりだよ」

運があるのかないのか、自分でもよくわからない。

洒落《しやれ》のわかる夜鷹のおかげで、命だけはどうにか繋がりそうだった。

十

夜鷹の名はたけと言い、永代寺門前から蓬萊《ほうらい》橋を渡ったさきのあたりに塒《ねぐら》があった。

何処をどうやって塒にたどりついたかもおぼえていないが、おたけは親身になって介抱してくれたようで、求馬は十三日の晩から泥のような眠りに落ち、翌々日の明け方になってようやく目を覚ました。

跳ね起きて日付を尋ねると、おたけは「十五日だよ」と応じる。

「げっ」

まずい。今日は朝から、千代田城中奥で毒味の試問がある。

這いつくばってでも城へ行き、膳奉行の面前で箸を握らねばならない。

ぐうっと、腹の虫が鳴いた。

「腹が減っては戦ができぬ。そうだろう」

飯の支度はできているというおたけの言葉に甘え、求馬は猛烈な勢いで飯を搔っこんだ。

化粧っ気のないおたけの顔は皺がめだち、齢は四十六だという。

「あんたと同じ年恰好の息子がいたんだよ。地廻《じまわ》りの手下になってね、十八のときに喧嘩相手に刺されて死んじまった。だから、あんたを放っておけなかったのさ」

身の上話に耳をかたむけながら、求馬は米櫃《こめびつ》を空にした。

腹ができると鏡を貸してもらい、伸びた髭を剃りおとす。

「月代《さかやき》はあたしがやってあげるよ」

器用な手並みで月代を剃ってもらい、ついでに知りあいだという損料屋《そんりょうや》から裃《かみしも》一式と大小を借りうけた。

「ちょっと、お待ち」

顔にできた傷まで、おたけは薄化粧で上手に隠してくれる。

どうにか体裁を整えたころには、すっかり外も明け初《そ》めていた。

「このご恩はけっして忘れませぬ」

恩人の夜鷹に向かって、求馬は深々と頭をさげる。

「何だよう、あらたまって」

おたけは涙ぐみ、燧石《ひうちいし》で鑽火《きりび》まで鑽《き》ってくれた。

「何だかよくわからないけど、気張ってくるんだよ」

「はい。行ってまいります」

求馬は心の底から感謝しつつ、漁師村の外れにあるうらぶれた裏長屋をあとにしたのである。

最初はぎこちなかった足取りも、永代橋を渡りきるころにはしゃんとしてきた。

右手にみえる稲荷《いなり》社には、伊達《だて》家の殿さまに斬られた吉原遊女の高尾《たかお》太夫が奉られている。求馬は足を留め、稲荷社の鳥居に祈りを捧げた。

「どうか、首尾《しゅび》能《よ》く事がはこびますように」

指定された刻限は辰《たつ》ノ上刻（午前七時）、急がねば遅れてしまう。

小走りになりかけ、後ろをみると豊海《とよみ》橋のたもとに小舟が浮かんでいる。

「よし、あれでまいろう」

万が一のためにと、おたけは小銭まで握らせてくれた。

求馬は船頭を呼んで小舟に乗り、日本橋川を遡上《そじょう》させた。

鎧《よろい》の渡しを通りすぎ、さほどの刻も要さずに一石《いっこく》橋へたどりつく。

陸《おか》にあがって左手の常盤《ときわ》橋御門を抜け、勘定所や大名屋敷を左右に眺めながら進み、碧色《あお》の御濠に架かる大手門も潜りぬける。

心ノ臓が高鳴ってきた。

下乗橋《げじょう》までは、見慣れた光景が広がっている。

玉砂利の敷きつめられた道のさきには石垣が聳え、富士見三重櫓が曙光《しょこう》に燦然《さんぜん》と煌《きら》めいていた。

何度目にしても、圧倒されてしまう。

下乗橋を渡りきり、三之門も抜け、かつては番士として配置についた中之御門へやってくる。

見渡しても、番士のなかに見知った顔はいない。

水田平内の組ではないのだろう。

重臣の出仕には早すぎるので、裃姿の人影も見当たらない。

求馬は胸を張り、富士見三重櫓のほうへ向かった。

突きあたりを右手に折れ、石段をのぼる。

中雀門を潜れば、磨きこまれた甃《いしだたみ》の向こうに本丸の玄関がみえた。

玄関の背後には、緑青瓦の屋根に覆われた御殿群が連なっている。

訪れるのは久方ぶりだ。おもわず、感極まってしまう。

遠侍《とおさぶらい》へ通じる玄関ではなく、求馬は右手の脇道から中之口、さらには御長屋御門へと抜けた。老中口とも称される御納戸口をも通りすぎ、御台所口までやってくる。敷居を越えたさきが、御膳所のある中奥にほかならない。

はじめて御城へ出仕したのは、卯月のなかばであった。

緊張で心ノ臓がばくばくしたのをおぼえている。

右も左もわからずに戸惑っていると、四十前後の堂々とした物腰の人物に声を掛けられた。

鬼役、皆藤左近である。

御膳所のそばにある小部屋に導かれ、節分に撒く豆を箸で摘まんで大笊《おおざる》へ移すように命じられた。おもえば、それが厳しい毒味修行のはじまりだった。のちに知ったことだが、皆藤も南雲五郎左衛門の薫陶《くんとう》を受けていた。

「あれから約半年」

皆藤は指南役となり、御家人たちが鬼役に適性かどうかを判定する。

求馬はぶるっと身を震わせた。武者震いにちがいない。

廊下の端には、納戸方の若い配膳役が待ちかまえている。

「試問にまいったのか」

高飛車《たかびしゃ》に質され、求馬はうなずいた。
「伊吹求馬にございます」
配膳役は帳面に目を落とし、表情も変えずに言う。
「笹之間の隣部屋で控えよ」
「はっ」
旗本だけに、横柄《おうへい》な態度は致し方あるまい。
求馬は草履を脱いで揃え、配膳役に一礼すると、ひとりで奥へ進んだ。
部屋の配置は頭に入れてある。笹之間は鬼役が毒味をおこなう神域だ。
隣の控え部屋には、緊張した面持ちの若者が三人並んで座っていた。
部屋は十畳ほどであろうか、求馬も一礼し、端のほうへ正座する。
しばらくすると、別の配膳役があらわれ、控えている者の名を呼んだ。
呼ばれた者が立ちあがり、能でも舞うような動きで部屋をあとにする。
それと入れ替わりに、別の御家人が部屋にはいってきた。
こちらも神妙な面持ちで正座し、瞑目《めいもく》しながら順番を待つ。
入れ替わり立ち替わり、鬼役を希望する者たちがあらわれた。
予想以上に希望者は多そうだ。やれるだけの修練は積んできたつもりだが、言い知れぬ不安が襲いかかってくる。

ふと、室井のことばをおもいだした。

「鬼役に適した者は少ない。なにせ、毒を啖《くろ》うて死んでも本望《ほんもう》とおもわねば務まらぬ過酷な御役目ゆえな」

皆藤も南雲に厳しく指南され、御墨付きを得たことで出仕の機を得たという。

南雲が「唯一無二の鬼役」と呼ばれるようになった逸話は、何度おもいだしても驚きを禁じ得ない。

今から九年前、定例登城の夕餉で綱吉の御膳には鯛の尾頭付きが供されていた。同席した鬼役によれば、南雲は箸で身の欠片《かけら》を摘まみ、わずかに顔を曇らせたらしい。鰭《ひれ》の飾り塩に何と、山鳥兜《やまとりかぶと》の根を風乾《ふうかん》した烏頭毒が塗《まぶ》されていたのだ。

即座に毒の混入を見抜いたにもかかわらず、南雲は平然と毒味をつづけた。その代償として、三日三晩生死の境を彷徨《さまよ》い、どうにか一命は取りとめたものの、視力を失ってしまったのである。

毒を盛ったのは元鷹匠《たかじよう》で、鷹狩りを禁じた綱吉への恨みを募らせたあげくの凶行だった。元鷹匠は捕まって厳罰に処せられたが、毒の有無を見抜くことができなかった御膳所の小役人や庖丁方《ほうちようかた》は罰せられずに済んだ。

庖丁人たちを罰すれば、鬼役は無用のものとみなされる。南雲が敢えて毒を喫《くら》い、身をもって御役目を全《まっと》うしたことで、弱き者たちは罰せられずに済み、御膳所は威厳と士気を保つことができたのだ。

盲目になるのと引き換えに、南雲は鬼役としての矜持《きょうじ》をみせた。それがわからぬ綱吉ではない。御小座敷《おこざしき》へわざわざ南雲を呼びよせ、あっぱれ唯一無二の鬼役なりと、涙を流したのである。中奥の御小座敷へ招じられた鬼役は、南雲を除いては後にも先にもいないという。

「そのときの栄誉を生きる寄る辺として、南雲五郎左衛門は粛々《しゆくしゆく》とおのれの生を全うしようとしておる。嫁も貰わず、家来も侍女も従《つ》けず、たったひとりで闇のなかを生きぬく覚悟でおるかのようでな」

それだけの人物に鍛えてもらったのだと、室井は言った。

求馬は心の底から、ありがたいと感じていた。

十一

配膳役があらわれ、求馬の順番が巡ってきた。

一度深く息を吸い、長々と少しずつ吐きつづける。

胸の不安が嘘のように消え、明鏡止水の境地になった。

「身は深く与え、太刀は浅く残して、心はいつも懸かりにてあり」

師匠の南雲五郎左衛門はかつて、毒味作法の極意を鹿島新當流の剣理に喩えたことがあった。

「おぬしは慈雲なる禅僧のもとで、あらゆる流派の返し技を学んだ。禅寺で一偈《いちげ》を得たのならば、剣の修行に終わりのないことくらいはわかっておろう。毒味修行とて同じ。困難な所作を容易くこなすことができるまでには、それなりの年月を要する。飽いてしまえばそこで終わり、敗者として余生を生きながらえるしかない」

敗者になりたいのかと問われ、求馬はなりたくないとこたえた。すると、南雲は慈愛の籠もった表情で言ったのだ。

「されば、地道に鍛錬せよ。物事は一朝一夕に成らず。たゆまぬ日々の鍛錬こそが肝要じゃ」

師匠のことばを胸に、求馬は試問のおこなわれる笹之間へ向かう。

公方綱吉の毒味をおこなう部屋には、もちろん、足を踏みいれたことがない。

わざわざ笹之間でおこなわれることが、試問の重要さをしめす証左《しょうさ》でもあった。

求馬は襖の手前で正座する。

「伊吹求馬にござります」

平伏して名乗ると、襖が音もなく開いた。

「これへ」

扇子の先端で畳を指すのは、皆藤左近であろうか。

頭をあげずに中腰で進むので、相手の顔はみえない。

ただ、前面に三人の鬼役が座っているのはわかった。

鬼役たちの背後から、配膳役が梨子地金蒔絵《なしじきんまきえ》の御膳を運んでくる。

ごくっと、生唾を呑みこんだ。綱吉が使う懸盤《かけばん》と呼ばれる御膳であろう。

御膳には朱塗りの椀や七宝《しっぽう》焼きの皿が並び、旬の焼き物や煮物が載せられていた。

いつもの求馬ならば、この御膳を目にしただけで冷静さを失い、指先が縮こまったにちがいない。

だが、心持ちは凪《な》いだ海面のごとく静まっていた。

脳裏に浮かぶのは、盲目の鬼役が一度だけ披露してくれた神々しい所作にほかならない。

求馬には、もはや、南雲五郎左衛門が憑依《ひょうい》している。

となれば、何ひとつ恐いものはなかろう。

求馬は左手で汁椀を取り、竹箸を持つ右手を器用に動かしはじめた。

汁の実はつみれと木耳《きくらげ》、毒の有無を確かめて椀を置き、鼻と口を懐紙で隠す。毛髪はもちろんのこと、睫《まつげ》の一本も御膳に落としてはならない。息がかかるのも不浄とされるため、箸で摘まんだ切れ端を口にもっていくのは難しかった。一連の所作をいかに短く、的確におこなうかが腕の見せどころなのだ。

さらに、平目《ひらめ》の刺身を食す。敷かれた松葉の裏に毒が仕込まれておらぬか、念のために確かめておかねばならない。ほかにも、皿の煮物には一塩鯛のおろし身と若狭昆布、小鴨、里芋と糸蒟蒻なども見受けられる。酢の物としては、かぶら骨《ぼね》が供された。かぶら骨は鯨《くじら》頭部の軟骨、ぜんまいを添えて辛子酢味噌で食す。

これらを手際よく片づけたころ、二の膳が運ばれてきた。

吸い物は蓴菜《じゅんさい》と松茸《まつたけ》柚子《ゆず》、口取肴は赤い海老と黒い烏賊《いか》、蓮根《れんこん》は山葵味噌田楽に芥子《からし》でいただく。七宝焼《しっぽうやき》の平皿には鱚《きす》の塩焼きと付け焼き、塩焼きには鰭《ひれ》が焦げつかぬように化粧塩がなされていた。

汁椀から平皿、平皿から小鉢や猪口へ、毒味は淡々と進んでいった。

そして、いよいよ尾頭付きが供されると、鬼役たちは膝を乗りだしてくる。月の朔日《ついたち》、十五日、二十八日の三日間は「尾頭付き」と称し、鯛か平目の焼き物がかならず供された。骨取りは鬼役の鬼門《きもん》である。魚のかたちをくずさずに、まずは背骨を抜き、箸で丹念に小骨を取り除かねばならない。頭、尾、鰭の形状を保ったまま骨抜きにするのは、熟練を要する至難の業《わざ》だ。

求馬はすんなりとこなした。毒味修行のなかでも、骨取りはもっとも難しい。最大の難関を乗りこえたら、あとは置合《おきあ》わせの蒲鉾と玉子焼、お壺《つぼ》の鱲子《からすみ》などを毒味すれば、ひととおりのお役目は終了する。

「いいや、まだあるぞ」

仕上げには、丹波《たんば》の出落栗《でうちぐり》が供された。

毬《いが》から抜けて地に落ちた栗のことを、出落栗と呼ぶらしい。

まるで、おのれのことではないか。

もうすぐ、求馬は出落栗となって、この笹之間へ出仕するのだ。

こんなところで立ち止まるわけにはいかない。

出落栗は甘くて、ほくほくしていた。

唐突に名を呼んだのは、三人のまんなかに座る皆藤左近である。

「伊吹求馬」

「室井さまがな、おぬしは来ぬかもしれぬと仰せになった。されど、わしは信じておった。おぬしがこの場に来ることをな」

「はっ」

「じつを申せば、試問は昨日から始まっておる。おぬしで、十三人目じゃ。十三夜の月のごとく、少しは欠けたところがあるのだろうと高をくくっておったが、ものの見事に裏切られた。十三人目ではじめて、鬼役にふさわしい者をみつけた。見事な所作であったぞ」

「はっ」

涙が出そうになった。

求馬は深々とお辞儀し、笹之間をあとにする。

控え部屋へは戻らず、そのまま廊下をたどって御台所口から外へ出た。

終わってみれば、一瞬の出来事だった。皆藤のことばから推せば、試問はとどこおりなく突破できたのだろう。

なるまい。

何もかも、おたけのおかげだ。袖振り合うも多生《たしょう》の縁、上首尾であったと、誰よりもまっさきに告げねばなるまい。

城を離れ、来た道を歩いて戻る。

弾むような足取りで永代橋を渡り、深川門前仲町から目的地へたどりついた。

ところが、おたけの待つ裏長屋はどんよりと静まりかえり、どうしたわけか、血腥《ちなまぐさ》い臭気に包まれていた。

十二

待っていたのは、持国である。

狭い部屋の片隅には、おたけの屍骸が横たわっていた。

「ふふ、わしから逃げられるとでもおもうたか」

持国は不敵に嗤《わら》い、求馬から奪った法成寺国光を鞘走《さやばし》らせる。

そして、刀身を床に突きたて、脇差だけを帯に差した。

「夜鷹から聞いた。おぬし、毒味役の見習いらしいな。下っ端が何を探っておるのだ。仲間のおなごは何処へ行った。おぬしらは誰に命じられておる。素直に吐けば、苦しまずに死なせてやるぞ」

沸騰する怒りのせいで、ことばが出てこない。

背後にも、別の気配がいくつか潜んでいる。

求馬はおたけの屍骸をみつめ、獣のように低く呻《うめ》いた。

もはや、業を背負うことへの躊躇《ためら》いはない。

「ひとり残らず、地獄へ送ってくれる」

敷居の狭間で身構えた。

持国は片方の眉を吊りあげる。

「ふっ、戯《ざ》れ言《ごと》か」

背後の敵が動いた。

ふたりいる。

求馬は敷居から外へ飛びだし、振り向きざま、刀を抜きはなった。

――ばすっ。

ひとりの脾腹《ひばら》を掻いた途端、刀身がぐにゃりと曲がる。

持国は斃《たお》れた仲間のことよりも、折れた刀のほうに目をくれた。

「ぬひゃひゃ、飴細工《あめざいく》か」

損料屋で借りた鈍刀《なまくら》では、ひとり斬るのがせいぜいであろう。

求馬は刀を捨て、脇差を抜いた。

もうひとりは斬馬刀を提げている。

「いぇぃ……っ」

大股で一歩踏みだし、袈裟懸けに斬りつけてきた。

――がつっ。

求馬は弾かずに受け、勢いに任せて懐中へ飛びこむ。

入り身から一閃《いっせん》、相手の喉を裂いた。

「ぎょえっ」

ぱっと鮮血が散り、求馬は頭から返り血を浴びた。

血脂《ちあぶら》のべっとりついた脇差を捨て、転がった斬馬刀を拾う。

振り向けば、持国が敷居からのっそり出てきたところだ。

求馬は息を詰め、斬馬刀を頭上に高々と掲げた。

切っ先で背中を掻くほど振りかぶり、腹の底から声を出す。

「ふおおお」

激しい火花が散り、渾身《こんしん》の一刀を弾かれた。

「甘いぞ、若造。比良《ひら》一族でも一、二を争う薙刀の遣い手、持国さまに勝てるはずがあるまい。ぬりゃ……っ」

凄まじい刃音とともに、鼻面に幅広の白刃が迫った。

仰け反って避けた拍子に、尻餅をついてしまう。

「もらった」

「くっ」

上段の一撃を十字に受け、右足で相手の腹を蹴りあげた。

持国は一回転しながら後方へ跳び、身軽に起きあがる。

求馬も身を起こし、斬馬刀を青眼に構えた。

「比良一族とは何だ。おぬしら、大和国の者ではないのか」

疑念が口を突いて出る。

持国も相青眼《あいせいがん》に構え、にやりと笑った。

「死出の土産に教えてやろう。比良一族とはな、修験道の暗殺剣を究《きわ》め、琵琶《びわ》湖をのぞむ比良の山々を庭とする族《うから》のことよ」

「やはり、偽《にせ》坊主であったか」

「夢違観音像は本物じゃ。法隆寺から盗んできたのよ」

「出開帳も騙りか」

武家伝奏を騙して書かせた御墨付きが物を言い、桂昌院さえも本物と信じて疑わなかった。

「市井の連中を騙すことなんざ、朝飯前よ。やりようによっては、寄進なんぞはいくらでも集まってくる」

「浄念が首魁《しゅかい》なのか」

「いいや、浄念さまは三人衆のひとり。龍の涙を求めて江戸へ遣わされたのじゃ」

「龍の涙だと」

まことの目的を知り、求馬は驚きを禁じ得ない。

持国はぬっと身を乗りだす。

「おぬし、何か知っておるようじゃな。もしや、おぬしも凜という娘を捜しておったのか」

否とも言わず、求馬は問いを繰りだした。

「凜とは何者なのだ」

「知らぬのか。八瀬の血を引く者じゃ」

「えっ」

「龍の涙はな、八瀬荘の首長家に伝わるお宝よ」

「何だと」

「ふふ、ちと喋りすぎた。娘の行方は、あらかた見当がついておる。そろりと仕舞いにしよう」

持国は薙刀を頭上に掲げ、くるっと旋回させた。

求馬の脳裏には何故か、吹きさらしの断崖絶壁でじっと耐えしのぶ懸崖《けんがい》の松《まつ》が浮かんでいる。

懸崖の松を想起させる技が、一刀《いっとう》流の極意にあった。

——松風《まつかぜ》。

相手の攻めを受けながし、一拍子の勢いで攻めに転じる。

——松風とは攻めを外せということなり。

わずかな拍子の崩れを呼びこみ、相手の意表を衝くのだ。

持国を葬るには、一か八かの一手しかない。

「ぬりゃ……っ」

凄まじい気合いともども、幅広の刃が頭蓋《ずがい》を殺《そ》ぎにかかった。
——きいん。
求馬は同じ八相から白刃を合わせ、勢いに圧《お》された恰好で斬馬刀を抛《ほう》る。
「なっ」
持国が前のめりになり、わずかに蹈鞴《たたら》を踏んだ。
求馬は間隙を逃さず、入り身で間合いを詰める。
手に得物《えもの》はない。それでも低い姿勢で迫り、持国の顔前に左の掌を突きだす。
と同時に、右手で相手の脇差を抜き、白刃を下から斜《はす》に薙《な》ぎあげた。
——ひゅん。
刃音と喉笛《のどぶえ》が重なり、裂けた傷口から血が噴きだす。
持国は懸崖の松のごとく身を反らし、幹が折れるように斃れていった。
「……や、やった」
自分に何かあるとすれば、どのような苦境でも生きのびる運かもしれない。
求馬は顔に掛かった返り血を袖で拭き、重い足取りで敷居の内へ踏みこむ。
おたけの屍骸に両手を合わせ、血濡れた床から法成寺国光を引き抜いた。

十三

回向院では今も、出開帳が催されている。

求馬は鬼気迫る表情で山門を潜り、列を成す見物客を横目にしながら本堂の奥へ向かっていった。

浄念のものであろう読経が聞こえてくる。

薄暗がりのなかに灯明が揺れ、夢違観音像が浮かびあがってみえた。

読経は須弥壇《しゅみだん》のほうではなく、本堂の裏手から響いてくる。

求馬は草履も脱がず、誘われるように裏手へ向かった。

読経は墓所の奥から聞こえてくる。

持国に対したときは、怒りでわれを忘れかけたが、回向院の山門を潜ってからはいたって冷静だった。

長筒《ながづつ》で狙いを定める鉄砲撃ちのごとく、獲物を確実に仕留めようとおもっている。

浄念は法隆寺の住持《じゅうじ》ではない。琵琶湖をのぞむ山中に潜む比良なる族に属し、族を束ねる三人衆のひとりなのだという。

「ただの盗人ではないか」

と、求馬は吐きすてた。

いや、ただの盗人ではなかろう。浄念たちは「龍の涙」を手に入れるべく、わざわざ江戸へ下ってきた。持国によれば、凜は八瀬衆の血を引く娘で、凜の持つ「龍の涙」は首長の家に伝わるお宝らしい。

首長の家とは矢背家のことではあるまいか。

ひょっとしたら、志乃も凜のことを知っていたのだろうか。

江戸へ下り、この世の行く末が映しだされるという「龍の涙」を探していたのかもしれない。

凜と交流のあった南雲は、その素姓に勘づいていたのではなかろうか。

求馬は南雲を介して凜と知りあい、神隠し騒動に関わった。いずれ、求馬を介して凜と志乃が出会えるように、南雲がさり気なく仕組んだとしかおもえない。そうでなければ、この広い江戸で洛北の山里に根を持つ者たちが出会えるはずはなかろう。

「南雲さま、どうなのですか」

いくら問うたところで、こたえが得られるはずはなかった。

あれこれ臆測しても詮無いはなし、志乃からじっくりはなしを聞くしかない。

考えるべきは、浄念に引導《いんどう》を渡すことだけだ。

求馬は卒塔婆《そとば》の林立する墓所のなかへ踏みこんだ。

浄念のすがたはみえずとも、読経だけは聞こえてくる。

墓所の狭間を縫うように進み、ようやく大きな墓所のそばまでやってきた。

線香の煙がゆらゆらと立ちのぼるなか、蹲《うずくま》る浄念のものらしき背中がみえる。

何と、墓石のかたわらには犬の首が置かれてあった。

そう言えば、悪鬼に犬の首を捧げて敵の呪詛《じゅそ》をおこなうというはなしを、何処かで聞いたことがある。

おぞましい光景に顔を顰《しか》めると、ふいに読経が止んだ。

「持国を殺《や》ったようじゃな」

墓石の底から、くぐもった声が聞こえてくる。

「この墓には大勢の名も無き者たちが葬られておる。振袖《ふりそで》火事で死んだ者たちじゃ。されど、持国は墓にも入れられぬ。比良の者たちは路傍で朽《く》ち果てるのが運命《さだめ》。何処で命を落とそうが悔いはない」

「ならば、おぬしも地獄へ堕《お》ちるがよい。比良三人衆のひとりと聞いたが、おぬしはただの盗人、善人をたぶらかして私腹を肥やす悪党にすぎぬ」

求馬は大股で歩き、間合いを詰めていった。

浄念は立ちあがり、ゆっくり振りかえる。

「喝《かつ》っ」

脅しつけられ、求馬は足を止めた。

「わしの目をみよ」

豁然と瞠った眸子が、怪しげに赤く光りはじめる。

浄念は刀印《とういん》を結んで九字を切り、転法輪印《てんぼうりんいん》を結ぶや、早口で何事かを唱えた。

「緩くともよもやゆるさず縛り縄。不動の心あるに限らん」

さらに、呪縛印《じゅばくいん》を結んで咒《じゅ》を唱える。

「オン・ビシビシ・カラカラ・シバリ・ソワカ……」

修験道に伝わる不動金縛りの術、咒を五回唱えれば、術に掛かった者は身動きひとつできなくなる。

慈雲に一度だけ掛けられたことがあった。

術を解く唯一の方法は、術を掛けた者が解縛法《げばく》をおこなうしかない。

やがて、浄念は咒を五回唱え終えた。

求馬は手足を動かすどころか、瞬きすらできなくなる。

「比良一族を小莫迦にしたな。ふふ、苦しんで死ぬがよい」

浄念がゆっくり身を寄せてくる。

手には法具《ほうぐ》の独鈷杵《とっこしょ》を握っていた。

尖った先端で脳天を串刺しにすることもできよう。

「くっ」

眼球が乾き、涙が止めどなく溢れてくる。

「ふふ、わしの術に掛かった者は、血の涙を流して死んでいく。残念じゃが、助かった者はひとりもおらぬ」

「あ……あわわ」

「何か言いたいようじゃな。もっと生きたいのであろう。ふん、煩悩の犬め、この世への未練に縛りつけられておるかぎり、術からは逃れられぬわ」

今や、浄念は息が掛かるほどそばまで近づいていた。

「逝くがよい」

静かに発しながら、右手の独鈷杵を振りあげる。

と、そのときだった。
背後に弦音が響き、鏑矢が飛んでくる。
――びん。
――ひゅるる。
そして、一直線に飛来した矢が、後ろから頬を掠《かす》めた。
だが、浄念に襲いかかる。
矢は当たりはしない。
後ろの墓石に弾かれた。
「莫迦め」
眦を吊りあげた浄念の顔が、つぎの瞬間、醜く歪んだ。
求馬がふいに身を沈め、愛刀の国光を抜いたのだ。
――ばすっ。
臍下《せいか》を擦りつけに斬るや、浄念の腰骨がふたつに断たれた。
「げひょ……っ」
臍《へそ》から上だけが地に落ち、両脚は立ったままでいる。
夥《おびただ》しい血が噴きあげても、求馬は動くことができない。

後ろから飛来した矢は、頰を真横に裂いていた。

鋭い痛みのおかげで、金縛りの術が解けたのだ。

求馬は立ってもいられず、がくっと片膝を突いた。

振り向けば、重籐《しげどう》の弓を提げた志乃が近づいてくる。

「助けてやったぞ」

「……ど、どうして、ここがわかったのですか」

「龍の涙じゃ」

「えっ」

「墓所に立つおぬしが映っておったのよ」

「……ま、まさか」

「おぬしは暗い井戸にも繫がれておった。されど、井戸の場所まではわからなんだ。回向院の大きな墓石には、みおぼえがあってな」

なるほど、それで助けにきてくれたのか。

「ただし、墓石をみたのはわたしではない。水晶玉に映った光景は、凜にしかみえぬ」

「……り、凜」

「凛は姉上の子じゃ。何年も捜しまわったが、ようやくみつけた。わたしの姉上にも、不思議な力が備わっておった」

志乃は何年も姪《めい》にあたる凛を江戸で捜していた。それは、故郷を捨てた理由とも関わってくるのであろうか。よくわからない。尋ねたいのは山々だが、ことばが浮かんでこない。

「おぬしは浅はかで、不器用な男じゃ。されど、ひとつだけ大事なものを持っている。それは運だ。おぬしは死なぬ。いかなることがあろうとも、生きのびるという運を持っておる」

それが志乃にとって、どれだけ重要なことなのか。

今の求馬には、尋ねる気力すらも残っていなかった。

十四

数日後。

秋闌《た》けて五穀豊穣《ごこくほうじょう》もたけなわの長月は、月を愛でながら夜長を楽しむ季節である。

求馬のすがたは、千駄木の団子坂を上った高台の隠居屋敷にあった。

治兵衛に九十九里《くじゅうくり》で水揚げされた秋刀魚《さんま》と新蕎麦を馳走してもらい、縁側で風に吹かれている。日中ならば不忍池のほうまで一望できる庭は、朝鮮《ちょうせん》燈籠の灯りに照らされていた。

「凜は眠ったようだな」

「いろいろあったもので、心身ともに疲れておるのでしょう」

無理もあるまい。凜はまだ十一にすぎぬ娘なのだ。

「出開帳は消えてなくなりましたな。まるで、夢違観音さまにみさせてもらった夢のような、不思議な出来事にござりました」

不思議と言えば、「龍の涙」は凜の手許に戻された。どうやら母の形見らしく、凜は戻ってきたことを何よりも喜んだという。

「凜は拐かされた事情を知りませぬ。助けてくださった志乃さまが、血の繋がったお方だということも伝えておりませぬ。志乃さまには、もう少し大きくなるまで黙っておこうと言われました」

「凜はおぬしといっしょに居たいのだ。志乃さまもそのことをわかっておるゆえ、無理強いはせなんだのであろう」

「近くからそっと見守っていたいと、仰いました。まことは、凜を手許に置かれたいのでございましょう」

「凶兆があれば、凜が水晶玉に何かを映しだそう。そのときは、かならず報せてくれ」

「志乃さまも、同じことを仰いました。凜と指切りげんまんもなされた。まことに、ありがたくおもっております」

酒の支度ができている。

治兵衛は微笑み、温《ぬる》め酒のはいった銚釐《ちろり》をかたむけた。

「さあ、おひとつ、鬼役さま」

「止めてくれ、鬼役はまだ早い」

求馬は盃に満たされた上等な諸白《もろはく》を嘗める。

――り、り、り。

庭の片隅から、蟋蟀《こおろぎ》の鳴き声が聞こえてきた。

「あれは、綴《つづ》れ刺《さ》せ蟋蟀の雄《おす》にございます」

「綴れ刺せ蟋蟀か」

冬支度を促すように「肩刺せ、裾刺せ、綴れ刺せ」と鳴くのだという。

「冬の間際まで生き残り、人知れず消えていく。あの蟋蟀は手前にござる」

「縁起でもない。死にたくとも、当分は死ねぬぞ。少なくとも、凜が蛹《さなぎ》から蝶になるまではな」

「蝶にございますか。この目でみてみたいものです」

治兵衛は凜を拾ったことで、数奇な運命をともに歩むことになった。

されど、志乃に向かって凜の素姓は何ひとつ尋ねていないという。母親のことや捨てられた経緯も知りたかろうが、自分から余計なことを尋ねたくはないらしい。

「世の中には、知らずともよいこともございます」

たしかに、治兵衛の言うとおりだとおもう。

「お、あれを」

低い空に月がみえた。

二十三夜は下弦《かげん》の月、真夜中に上りはじめ、夜明けにかけて南中する。

「そう言えば、夢違観音さまはどうされたのでございましょう」

求馬が聞いたはなしでは、法隆寺の者たちが江戸へ取り戻しにくるまで、桂昌院が御殿で預かるのだという。

「されば、観音さまが道中ご無事でお戻りいただけますように、お月さまにお祈りすることにいたしましょう」

三夜待ちの月を拝めば、願い事はかならず叶《かな》うらしい。

おのれは何を祈ろうかと、求馬は考えた。

脳裏に浮かんだのは、志乃の横顔である。

そう言えば、整った鼻筋や口許が凜とよく似ている。

矢背家については知らぬことばかりだが、かえってそのほうがおもしろかろう。

「さ、もひとつ」

治兵衛に酒を注がれ、求馬は月に向かって盃を持ちあげた。

まずは何をさておいても、恩人のおたけを供養せねばなるまい。

盃をかたむけて一気に干すと、わずかだけ酔いがまわってきた。

比良《ひら》の男

一

虫の音も絶えた神無月《かんなづき》、裕福な家では炬燵《こたつ》開きをおこない、玄猪《げんちょ》の祝いには多くの者が無病息災を願って亥子餅《いのこもち》を食べた。

今日は朝からよく晴れた小春日和《こはるびより》、求馬《もとめ》は満面の笑みで王子道《おうじ》を闊歩《かつぽ》する。志乃《しの》から「紅葉《もみじ》狩りにまいろう」と誘われたのだ。心が弾まぬわけがない。猿婆《さるばば》も入れて三人で中山道《なかせんどう》をたどり、板橋宿《いたばしじゆく》との分岐点になる庚申塚《こうしんづか》を通ってきた。王子道を進めば石神井《しやくじい》川へ行きつくが、めざす滝野川《たきのがわ》村の金剛寺《こんごうじ》は川を見下ろす高台に建っている。

日本橋からは二里《り》（約七・九キロ）強、気軽な遊山先としてはちょうどよい。

弘法大師《こうぼうだいし》がこの辺りに遊行《ゆぎよう》し、みずから不動明王を彫って御本尊にしたとか、源《みなもとの》頼朝《よりとも》が崖下の洞窟に弁財天《べんざいてん》の祠《ほこら》を勧請《かんじよう》したとか、ありがたい来歴で知られる真言宗の名刹《めいさつ》である。しかも、紅葉寺《もみじでら》の別名で呼ばれており、生まれて初めて足を延ばす求馬としては喜びを隠しきれなかった。

「浮かれおって。露払いで誘ってやっただけじゃ」

猿婆の皮肉を聞きながし、若衆髷の志乃をちらりと盗み見る。

喜びに満ちあふれた横顔は、みる者すべてを幸せにするのであろうが、今日だけはその幸せを独り占めできるのかとおもえば、求馬は地の果てまでも疾走したい衝動に駆られた。

やがて、正面に山門がみえてくる。

遊山客は多く、門前はたいへんな賑わいだ。

土産物や食べ物を売る見世は顧《かえり》みず、三人は山門を潜りぬけた。

いきなり目に飛びこんできたのは、参道の入口を彩る紅葉である。

「真っ赤だな」

志乃は足を止め、おもわず感嘆した。

本堂は石段を上ったさきにあり、行く手には蒼穹《そうきゆう》を背にした紅葉の回廊がつづく。

志乃は見上げてばかりいるので、石段から足を踏みはずしそうになった。求馬が手を差しのべると、腕を取られた志乃は恥ずかしそうに頬を赤らめる。稀にもないことなのでどぎまぎしていると、すかさず猿婆があいだに割ってはいり、志乃を連れてさきに上っていった。

本堂の右脇には、寺領内で一番大きな紅葉が聳えている。

「おお」

求馬は感動の余り、声をあげた。

濃密な赤は人の心を魅了すると同時に、掻き乱すのかもしれない。

振り向けば山門の辺りがいっそう賑やかになり、華やかな女房たちの一行が供《とも》侍《ざむらい》をともなってあらわれた。

「前田《まえだ》さまの女房衆じゃぞ」

参拝客のひとりが、物知り顔で教えてくれる。

なるほど、加賀《かが》前田家の広大な下屋敷は板橋の中宿《なかじゆく》にあり、金剛寺へは散策気分で訪れることができた。

何せ石高《こくだか》百万石と称される大大名《だいだいみよう》、奥向きに仕える女房衆の着飾り様は尋常な華やかさではない。呉服商も垂涎《すいぜん》の客であろう一行の登場は、吉原で近頃評判の花魁《おいらん》道中に勝るとも劣らぬ豪華さで、紅葉狩りに訪れた連中も道を空けて端のほうから見物するしかなかった。

目を皿にしてみれば、女房衆の中心に稚児《ちご》髷の童女《どうじょ》がいる。

前田家の陸尺《ろくしゃく》らしき訳知り風の男によれば、童女は藩主綱紀《つなのり》公の六女直姫《なおひめ》さまだという。

「ただの姫君ではござらぬ」

五年前、桂昌院の周旋《しゅうせん》によって、幕府から二条《にじょう》家の嫡男との縁組を命じられた。五摂家のひとつである二条家からみれば前田家は格下の官位だが、膨大な富の一端を手にできるとおもえば、背に腹は替えられない。いずれにしろ、近い将来、幕府と朝廷の橋渡し役になるべき重責を担った姫なのである。

「それゆえ、あれだけの女房衆と仰々《ぎょうぎょう》しい供侍たちをしたがえておるのか」

志乃はさして関心もなさそうにつぶやき、一行の動きを目で追った。

姫たちは参道を進み、のんびりと石段を上ってくる。

見物人は遠慮して脇へ避け、紅葉見物がし易い位置へ一行を導いてやった。

先触れの供侍や女房衆は会釈《えしゃく》すらしない。あたりまえのような顔で歩み寄り、横柄《おうへい》な態度で周囲を睥睨《へいげい》する。それでも、見物人たちは華美《かび》な衣装に目を吸いよせられ、見下されているとはつゆほどもおもっていなかった。

求馬はおもしろくない。人を見下したような態度が気に食わぬ。

同じおもいを抱いたのか、見物人のなかから人影がひとつ飛びだしてきた。

物乞いと見紛《みまが》うばかりの男だ。「うひょう」と叫び、女房衆に迫っていく。酔っているのだろうか、足取りがおぼつかない。すぐさま、殺到した供侍らに取り押さえられ、その場に蹲ってしまった。

一方、異変に驚いた姫は女房ひとりに連れられ、本堂のほうへ逃れようとする。

するとそこへ、別の物乞いが近づいてきた。何をするかとおもえば、手にした柄杓《ひしゃく》をかたむけ、女房と姫の袖に水を振りかける。それだけではない。物乞いが背をみせて逃げると、今度は本堂の裏手から犬の鳴き声が聞こえてきた。

「うおおん」

求馬と猿婆は身構えたが、志乃は駆けだしている。

「きゃああ」

女房たちの悲鳴が響いた。

突如、大きな犬が躍りだしてくる。

「がるる」

目つきが尋常ではなく、口から泡を吹いていた。

「病《やま》い犬《いぬ》じゃ」

誰かが叫んだ。

見物人たちは、蜘蛛《くも》の子を散らすように逃げだす。

病い犬は狙いを定め、後ろ足で地を蹴った。

鼻先には、女房と姫が身を縮めている。

「くそっ」

求馬は刀を抜き、脱兎《だっと》のごとく駆けた。

が、間に合わない。

病い犬は宙に飛び、女房の腕に嚙《か》みついた。

「ぎゃっ」

転んだ女房を乱暴に引きずりまわし、犬はふいに顔を持ちあげる。

目線のさきには、姫が棒のように佇んでいた。

「がるっ」

犬は威嚇《いかく》するように唸《うな》り、女房から離れる。

狙いは幼い姫だ。

犬の四肢に、ぐっと力がはいった。

駆けながら、求馬は叫ぶ。

「逃げろ」

つぎの瞬間、病い犬は跳んだ。

が、中空で硬直し、どさっと地に落ちる。

求馬は呆気に取られつつ、痙攣《けいれん》する犬をみた。

こめかみの辺りに、深々と小柄《こづか》が刺さっている。

柄に彫られた文様《もんよう》は鬼牡丹《おにぼたん》、投じたのは志乃にほかならない。

横たわった犬は、ぴくりとも動かなくなった。

五間（約九・一メートル）余りもさきから正確無比な軌道を描いた小柄は、病い犬の急所を見事に貫いたのだ。

我に返った供人たちが駆けより、姫と血だらけの女房を連れていく。

これで一件落着とはならなかった。

見物人のなかから、筒袖の侍たちが駆けつけてきたのだ。

三人いる。

ひとりが犬の死骸に近づき、こめかみから小柄を抜いた。

「鬼牡丹の紋入りじゃ。小柄を投じた罪人は、おぬしか」

理不尽なことばが向けられたさきには、志乃が堂々と立っている。

どうやら、三人は小人目付《こびとめつけ》らしい。市中に溢れる犬の管理を担っていた。生類憐みの令を盾に取り、自分たちの裁量ひとつで罪もない者たちを土壇へ送ることも平気でやってのける。巷間《こうかん》では評判の芳《かんば》しくない連中だが、刃向かえば痛い目に遭わされるので誰も抗おうとしない。

今もそうだ。志乃が前田家の姫を助けたのをみていたはずなのに、誰ひとり声をあげようとしなかった。

強面《こわもて》の小人目付が、小柄を弄《もてあそ》びながら問うてくる。

「おぬし、おなごであろう。何故、若衆髷なんぞを結っておる」

「さようなこと、こたえる理由はない。小柄を返してもらおう」

「できぬな。お犬さま殺しの証しじゃ」

求馬は堪忍《かんにん》できなくなり、大声を張りあげた。

「待ってくれ。その死骸は、お犬さまなんぞではない。前田家の姫君を襲った病い犬だぞ。姫君のお命をお救いしたことは、ここにおるすべての見物人がみておる。女房衆や供侍たちも、姫君が助かって安堵しておるにちがいない。前田家へ足労して問うてみればわかることだ。かならずや、感謝されよう。あちらのお方を罪に問えば、おぬしらが責めを負うことになるぞ」

「ふん、偉そうに。ともあれ、おなごには番屋に来てもらう」

「行かせるわけにはまいらぬ」

求馬は一歩踏みだし、刀の柄に手を添えた。

三人の小人目付も、隙のない仕種で身構える。

「よろしい」

志乃が緊迫した空気を破った。

「何処へなりとでも参ろう」

求馬は必死に止めた。

「志乃さま、行ってはなりませぬ。こちらに罪はないのです」

「御上がどのような裁定を下すか、ちと興味がある」

「されど」

「案ずるでない。人の命と犬の命、どちらが大事か、この際、御上に問うてみるのも一興《いっきょう》じゃ」

「されば、拙者《せつしゃ》も」

「来るでない。足手まといじゃ」

「えっ」

「情けない顔をいたすな。猿婆ともども、泰然自若《たいぜんじじゃく》としておれ」

志乃は胸を張り、にこっと微笑んだ。

そして、性悪《しょうわる》そうな小役人たちに前後を挟まれ、石段を降りていく。

見物人たちはみな、申し訳なさそうに見送るしかない。

前田家の連中はと言えば、境内にひとりも残っていなかった。

「恩知らずめ」

求馬は吐きすて、山門の外まで従《つ》いていく。

「来るでない。おぬしはここまでじゃ」

と、小人目付のひとりに止められた。

憤懣《ふんまん》やるかたなく、求馬は猿婆に食ってかかる。

「何故、止めぬ。何故、主人をひとりで行かせるのだ」

「それが志乃さまのご意思だからよ」

あっさりと応じる猿婆の気持ちがわからない。

せめて、連れていかれる番屋だけでも突きとめておこうとおもい、求馬は慌てて駆けだした。

二

辻を曲がると、小人目付ふたりが待ちかまえており、志乃の連れていかれたさきを突きとめることはできなかった。

振り向けば猿婆も門前からすがたを消し、ひとり残された求馬は途方に暮れるしかなかった。午《ひる》過ぎまで近所を駆けずりまわってはみたものの、志乃をみつけることはできず、ともあれ、室井作兵衛《むろいさくべえ》に事の一部始終を告げねばならぬとおもい、不忍池北端の秋元《あきもと》屋敷まで駆けていった。ところが、室井は留守にしており、用人たちに尋ねても所在はわからぬという。

求馬は不忍池を離れ、下谷の練塀小路へは戻らずに、市ヶ谷御納戸町の矢背《やせ》屋敷へ向かった。志乃を助けだすべく策を練ろうとおもったが、肝心な猿婆は屋敷におらず、人気《ひとけ》のない母屋は夕闇に翳りつつある。

仕方なく冠木門をあとにしたところへ、見知った人影が近づいてきた。

「ふふ、散々だったな」

薄笑いを浮かべるのは、公人朝夕人《くにんちょうじゃくにん》の土田伝右衛門《つちだでんえもん》である。

「猿婆から、事のあらましは聞いた。金剛寺で前田家の姫君を助けたのに、志乃さまは犬を殺めた廉《かど》で捕まったとか。おぬしは小人目付どもを見失ったうえに、室井さまにも目通りがかなわず、仕方なく矢背屋敷へ来てはみたものの、猿婆まで何処かへ消えていた。どうせ、そんなところであろう。あいかわらず、空回りなやつだな」

小莫迦にされて腹を立てるよりも、探索を得手とする伝右衛門に助っ人を頼んだほうがよかろう。

求馬は口先を尖らせた。

「おぬし、志乃さまが連れていかれたさきを存じておるのか」

「いいや、知らぬ。されど、志乃さまが従いていった理由なら、わからぬでもない」

「言うてみろ」

「おっと、それが誰かにものを教わる態度か」

「すまぬ、教えてくれ」

求馬が頭《こうべ》を垂れると、伝右衛門は溜息を吐いた。

「詮方あるまい。まず、事の次第を聞いて妙だとおもったのは、小人目付が三人も金剛寺の境内におったことだ。寺領は寺社奉行の縄張りゆえ、御目付配下の御小人目付は見廻《みまわ》りをせぬ。にもかかわらず、病い犬が姫君を襲った直後には都合よくそこにおった。あらかじめ、仕掛けがあったとしかおもえぬ」

「仕掛けだと」

そう言えば、病い犬が出てくる直前、女房衆のもとへ物乞いが近づいてきた。ひとり目は供侍たちを引きつける役目を負い、ふたり目は姫君と付き添いの女房に何かを引っかけた。

「雌犬《めすいぬ》の小便か何かであろう。姫君を餌食《えじき》にするための仕掛けにちがいない。いずれにしろ、病い犬をけしかけたのは、小人目付かもしれぬということさ」

「まさか……何故に」

「きまっておろう、姫君の命を奪おうとしたのさ」

「何のために」

「さあな。その理由を探るべく、志乃さまはわざと捕まったのかも」

なるほど、一理あるかもしれぬ。

「ふん、知恵のまわらぬやつだな。それくらいは、おもいついて当然であろう」

「かりにおぬしの言うとおりだとすれば、志乃さまはあまりに無謀すぎる」

「心配か。それはな、志乃さまをおなごとしてみておるからだ。あのお方は、おなごではない。どのような責め苦にも耐えようし、どのような手を使ってでも狙った獲物は仕留めてみせよう。必要とあらば、殺しも厭《いと》わぬはず。室井さまが買っておられるのは、志乃さまの冷酷無比なところかもしれぬ。あのお方は、生まれついての隠密なのさ」

それはちがう。誤解しているとおもったが、口には出さずにおいた。伝右衛門の考えを頭から否定できないからだ。

たしかに、志乃には冷たいところがある。心を閉ざしていると感じることはままあった。故郷の八瀬を離れたこととも関わっているのだろうと勝手に推察しているのだが、面と向かって尋ねる機会もなければ勇気もなかった。

伝右衛門は背を向け、のんびりと歩きだす。

「待て、何処へ行く」

「従いてくるなら、美味《うま》いもんを食わしてやる」

「おい、飯なんぞ食っておるときか」

声を張ったそばから、ぐうっと腹の虫が鳴いた。

ふたりは辻を何度か曲がって浄瑠璃坂を下り、濠端を左に折れて愛敬《あいきょう》稲荷の門前へ向かった。

裏通りには女郎《じょろう》屋などもあり、いかがわしい雰囲気が漂っている。

伝右衛門が暖簾を振りわけた見世は、貧乏人が通う煮売り屋だった。

破れ提灯には、墨で『三鉄』と書かれている。

「ここは知る人ぞ知る見世でな、鉄砲鍋《てっぽうなべ》を食わせるのだ。おぬし、河豚《ふぐ》は食ったことがあるか」

「ない」

「ほう、そうか。ならば、初回の運試しにちょうどよかろう。十人のうち三人は毒にあたる。それゆえ、見世の名が『三鉄《さんてつ》』なのさ」

河豚は食いたいが、命は惜しい。敷居をまたぐには勇気が要った。もちろん、顔には出さずに伝右衛門の背につづく。

見世はさほど混んでおらず、長い床几《しょうぎ》を占有できた。

注文もせぬのに、無愛想な親爺が燗酒を運んでくる。

あては干した片口鰯《かたくちいわし》を煎った田作《たづくり》、甘辛いたれと絡ませた一品は美味で、求馬は頬を弛《ゆる》ませた。

たがいに手酌で酒を注ぎ、ひと息に安酒を干す。

「公人朝夕人のおぬしが、このような見世を知っておるとはな」

「誰に教わったとおもう。南雲《なぐも》さまだぞ」

「えっ、まことか」

「まことよ。南雲さまはな、わしのごとき軽輩《けいはい》にも心を配ってくださった」

伝右衛門の眸子《まなこ》が潤んでみえる。

求馬もしんみりとした気持ちになった。

そこへ、親爺が大皿と小鉢を運んでくる。

「この禿《は》げ親爺、福兵衛《ふくべえ》と申すのだが、もとは御膳所の庖丁方でな、庖丁の扱いは一級品なのさ」

「ふうん」

大皿には透けるほど薄く切られた河豚の刺身が牡丹のように盛られており、伝右衛門は箸で惜しみなくごっそり掬《すく》う。そして酢醤油にちょんとつけ、素早く口に入れた。

「くう、美味いのう」

求馬も見よう見まねで刺身を掬い、口に入れて咀嚼《そしやく》する。

こりこりとした食感が心地よい。潮の風味が口いっぱいに広がり、ここが薄汚れた煮売り屋であることを忘れてしまう。

一方、小鉢に盛ってあるのは、艶《つや》めいた白子《しらこ》にほかならない。

「ふふ、これよこれ」

伝右衛門は垂涎の面持ちでつぶやき、七味を少し振ってさきに食べさせてくれようとする。

「河豚の毒は胆《きも》にある。胆を潰せば身に毒がまわり、毒を喰《くら》えば唇や手足が痺れ、しばらくすると口もきけなくなるそうだ。三刻《みとき》（六時間）も経てばころり。それゆえ、この見世は『お陀仏《だぶつ》』とも呼ばれておる。さあ、食え」

手の震えを抑え、箸先で白子を掬う。

南無阿弥陀仏《なむあみだぶつ》と胸の裡《うち》に唱え、目を閉じてつるりと口に入れた。

身はまろやかで柔らかく、喉越しに濃厚な汁を味わうことができる。

「……う、美味い」

おもわず求馬が漏らすと、伝右衛門は納得顔でうなずいた。

「ところで、おぬし、志乃さまに恋情を寄せておるのか」

ふいに聞かれ、求馬は頬を赤く染めた。

「やはり、そのようだな。されど、恋情なんぞ捨てたほうがよいぞ。矢背家の当主になりたいのならな」

「……ど、どうして」

「鬼役を拝命する者には、欠かせぬ資質がひとつある。それはな、いざとなれば伴侶《はんりょ》さえも殺める非情さを備えておることだ」

「何だと」

「まあ聞け。御老中の秋元但馬守《たじまのかみ》さまも、志乃さまのことは大いに買っておられる。できれば、鬼役として公方さまの御側に置きたいはずだ。されど、叶わぬことゆえ、志乃さまの意を汲んで同等に動くことのできる者を探しておる」

候補は何人か浮かんでおり、伝右衛門によれば、求馬も首の皮一枚だけは繋がっているらしい。

「おぬしが婿入りの枠に残っておる理由は、南雲さまから直々に薫陶《くんとう》を受けたからだ。申し訳ないが、それ以外にはおもいあたらぬ。幸運を生かしたいなら、つまらぬ恋情は捨てることだ。志乃さまとて、さようなものは望んでおらぬ。情に左右されず、お役目に邁進《まいしん》できる者でなければ、矢背家に婿入りすることはできぬ。肝に銘じておくがよい。そのために、河豚を食わせてやったのだぞ」

肝に銘じて胆だけは食わぬ。笑えぬ洒落だ。

長説教が途切れ、禿げ親爺の福兵衛が煮立った鍋を抱えてきた。

蓋を取ると、湯気とともに美味そうな出汁《だし》の匂いが漂ってくる。

「ほれ、鍋でも食べて、志乃さまのことは忘れよ。そもそも、わしが何をしにまいったとおもう」

室井の密命を伝えにきたのだとわかり、求馬はあからさまに嫌な顔をした。

三

日本橋呉服町《ごふくちょう》の『池田屋《いけだ》』なる下《くだ》り酒《ざけ》問屋が運上金《うんじょうきん》を逃れるべく、秘かに上方《かみがた》から密造酒を運びこんでいるという。

河岸《かし》を見張って証《あか》しを摑めと命じられても、気持ちがはいるわけもなかった。

はなしを持ちこんできたのは、どうやら、紀文《きぶん》らしい。

「また、あの男か」

しかも、菱垣廻船《ひがきかいせん》の荷主で構成された十組問屋《とくみどいや》の肝煎《きもい》りから依頼されたとの裏事情を知るにつけ、よりによってどうして今なのかという不満だけが募った。

室井や紀文を逆恨みしてもはじまらぬので、伝右衛門と別れたその足で指定された霊岸島の新川河岸へやってきた。寒風の吹きぬける大川の川岸に佇んでいると、やり場のない怒りにとらわれ、病い犬のように唸《うな》りたくなってくる。

「ぬう……」

鬼役を志す者は、誰かを好きになってはいけないのだろうか。

志乃への恋情を殺さねば、矢背家に迎えいれてはもらえぬのか。

焦がれるような恋情も一時の病のごとく、いずれは癒《い》えてくれるのか。

求馬には自信がない。志乃を慕う気持ちを捨て、矢背家の当主となって隠密御用に勤しむことなどできそうにない。

ならば、婿入りも鬼役になることも、あっさりあきらめるか。

それはできぬ。亡くなった母の墓前にも、かならずや旗本になって御城勤めを果たすと誓ったではないか。

「……くそっ」

隠密御用などかなぐり捨て、今は志乃のもとへ飛んでいきたい。

望みはそれだけだが、何処へ行ったらよいのかわからなかった。

寒さを紛らわすべく、足踏みをしながら両手を擦りあわせる。

掌に白い息を吐きかけていると、川面に船灯《ふなあか》りがみえてきた。

「ひい、ふ、み」

灯りは三つ、こちらへ近づいてくる。

月の位置から推すと、子ノ刻《ね》（午前零時）は近い。このような夜更けに河岸へ近づく船があるとすれば、船奉行《ふねぶぎょう》の目を盗んで積み荷を運ぼうとしているとしか考えられなかった。

密命を帯びた者の習性なのか、徐々に気持ちが昂《たか》ぶってくる。

上等な下り酒を扱う酒問屋が運上金を逃れるために運びこむとすれば、まずまちがいなく密造酒であろう。

桟橋《さんばし》がよくみえる辺りまで身を寄せた。

舳先を向けた船はいずれも、沖合に碇泊《ていはく》する大船とのあいだを行き来する荷船《にぶね》のようだった。

纜《ともづな》が投じられると、人足たちが集まり、すぐに荷卸しがはじまる。

桟橋に降ろされてくる荷は、三十五升《しょう》入りの菰《こも》包みにほかならない。中身は上方の酒所で醸造された諸白であろう。味わいも値段も江戸の地酒とはくらべものにならず、貧乏人は滅多なことでは口にできない。

人足たちは水際だった動きをみせ、菰包みを大八車に積んでいく。

空になった荷船は桟橋を離れ、河口のほうへ遠ざかっていった。

おそらく、品川《しながわ》沖には菱垣廻船《ひがきかいせん》並みの大船が碇《いかり》を下ろしており、荷船は明け方まで親船とのあいだを何往復もするのだろう。

桟橋の端には、筒袖の大男が仁王立ちしている。

人足に「お頭《かしら》」と呼ばれて振りむいた顔には、百足《むかで》がのたくったような傷が見受けられた。

男は長々と連なった大八車の隊列を率いて、川沿いの道を堂々と歩きだす。

たどりついたのは目と鼻のさき、池田屋の所有する酒蔵のようだった。

大八車から降ろされた菰包みが、つぎからつぎへと酒蔵に消えていく。

あれがすべて密造酒ならば、池田屋はとんでもない儲けを得ることになろう。

今から六年前、幕府は全国津々浦々の酒造高を調べ、酒造家に五割の運上金を課す触れを出した。あまりに運上金が高いため、江戸表へ入津《にゅうしん》する下り酒の樽《たる》数は、年に六十万樽余りから二十万樽程度にまで激減したともいわれている。

当然のごとく、市中で売られる酒の値も高騰の一途をたどったが、裏では隠造や過造といった密造が横行し、取締を逃れるために役人へ賄賂《まいない》を贈ることがあたりまえになっていった。

菱垣廻船を利用して商売をする十組問屋は、酒、紙、綿、薬種などの多様な品々をひとつにまとめて運ぶために組織された仲間で、自力の荷受けを建前とする米問屋を除けば、大坂《おおさか》で品物を買いつけて運ばせる仕入れ問屋ばかりだった。

伝右衛門によれば、池田屋は上方に醸造場を持つ酒造家でもあり、十組問屋には属していない。仲間にはいれば何かと制約を受け、儲けのほうも少なくなる。難破船の欠損をすべて負う危険を冒してでも、自前ですべて賄う道を選んでいるのだという。

危険を冒しているからといって、運上金を免れてよいはずはない。池田屋が法度を遵守《じゆんしゆ》する商人から密告されるのは、致し方のないはなしであった。

「決まりだな」

捕り方に命じて酒蔵に踏みこませれば、池田屋の不正は容易に暴かれよう。

求馬は栈橋とのあいだを行き来し、しばらく様子を窺った。

荷積みと移動が終わるまで、三刻ほども掛かったであろうか。

やがて、荷船は戻ってこなくなり、人足たちと大八車も栈橋から消えた。

求馬は「お頭」と呼ばれた大男を尾《つ》け、日本橋から神田のほうへ向かった。

男は薄闇のなかを足早に進み、神田川に架かる昌平《しょうへい》橋を渡って中山道をたどる。

菊《きく》坂の手前には持筒組の縄地があるので、この界隈は露地裏の隅々まで知りつくしていた。

菊坂にいたる手前の三つ辻で、男は右手に曲がった。

求馬は裾を端《はし》折《よ》り、必死に追いかける。

辻を曲がると、男の影は消えていた。

加賀藩邸の脇道から無縁坂へ通じる経路だ。正面の空は仄《ほの》かに白みかけ、枳殻《からたち》寺《でら》として知られる麟祥院の甍《いらか》がくっきりとみえる。

求馬は麟祥院の門前を通りすぎ、坂上まで一気に駆けのぼった。

ここから無縁坂を下れば、行きつくのは不忍池西の池畔だが、坂道に人影はひとつもない。

男が消えたさきは、加賀藩邸なのかもしれない。

そうおもった途端、心ノ臓が妙な音を起《た》てはじめた。

何しろ、志乃が金剛寺で助けたのは、加賀前田家の姫なのだ。

偶然であろうか。いや、そんなはずはあるまい。志乃が連れていかれたことと関わっているはずだ。室井がわざと探索し易いように仕向けてくれたのだろうと、求馬は都合よく考えた。

それにしても、あの男、何者なのだ。

塀を見上げながら、坂道を所在なく彷徨《うろつ》いていると、突如、背後に殺気が膨らんだ。

「鼠め、わしに何か用か」

地の底から、重厚な声が響いてくる。

振り向くや、光る物が飛んできた。

「うっ」

棒手裏剣《ぼうしゅりけん》だ。

求馬は咄嗟に刀を抜き、鼻先で払いのける。

――きいん。

暗闇に火花が散った。

「ふうん、少しは遣《つか》えるようだな」

声は地の底ではなく、頭上から聞こえてきた。

見上げれば、塀のうえに黒い影が蹲っている。

追ってきた「お頭」かどうかの判別はつかない。

枝振りの立派な黒松の陰に、男のすがたは溶けこんでいた。

「おぬし、隠し目付か。いったい、誰に命じられた」

相手が忍びであることは疑いようもなかろう。ただし、前田家に縁ある者かどうかの判断はつかない。

おもいきって、鎌を掛けてみる。

「加賀の忍びは、偸組《ぬすみぐみ》と申すそうだな。盗人との境目が曖昧《あいまい》ゆえ、そう呼ばれておるそうではないか」

「問うのはこっちじゃ。こたえたくなければ、死んでもらうしかあるまい」

はなしが途切れた瞬間、求馬の持つ刀身に強烈な光が射した。

背にした東涯《とうがい》から、朝陽がひょっこり顔をみせたのだ。

男は眩しげに顔を歪め、木陰に身を隠す。

求馬は隙を逃さず、素早く踵を返した。

急坂を駆けのぼり、必死の形相で坂を駆けおりる。

眼下にみえる煌めきは、不忍池にちがいない。

池畔を北へ向かえば、すぐそばに秋元屋敷がある。

この場は逃れられたとしても、相手は手を尽くしてこちらの行方を捜そうとするはずだ。

どっちにしろ、敵は目と鼻のさきに潜んでいた。

余計な刺激を与えてしまったのかもしれない。

求馬は駆けながら、鬱々《うつうつ》とした気持ちになった。

四

秋元屋敷で取次を頼んでも室井には会えず、捕り方の手配はできなかった。

たとえ手配できていたとしても、池田屋の酒蔵で密造酒をみつけられたかどうかはわからない。相手に「隠し目付」と疑われた以上、不正の証しが酒蔵から何処かへ移されたにきまっている。

室井さまは、どうして会ってくれぬのだ。

「狸親爺め」

やり場のない怒りを吐いても、虚しさが募るだけのはなしだ。

矢背屋敷を訪ねても猿婆はおらず、仕方なく求馬は池田屋を張りこむことにした。

すでに、朝の四《よ》つ刻（午前十時）である。

空はあっけらかんと晴れ、商家の門口では鉢植えの山茶花《さざんか》が穏やかな陽の光を浴びていた。

昨夜から一睡もしておらぬのに、頭のほうは冴えている。

志乃の身を案じる気持ちが強すぎて、じっとしてはいられなかった。

池田屋のある呉服町までやってくると、内濠を挟んで御城にも近いせいか、諸役人に登城を促す太鼓の音色が小さいながらも聞こえてきた。

――どん、どん、どん。

番士の頃は毎朝、中之御門内で耳にしていた音色だ。

西《にし》ノ丸《まる》の太鼓櫓で太鼓を叩くのは、隣人の常田松之進《つねたまつのしん》である。常田とは何日も会っていないような気がする。妻女の福《ふく》が差し入れてくれる御膳も食べておらぬし、負けず嫌いの松太郎《まつたろう》に剣術の稽古をつけてやることもできなかった。

福のつくる鰈《かれい》の煮付けや里芋の煮っ転がしは、愛敬稲荷裏の三鉄で口にした河豚鍋より美味いかもしれない。業平蜆《なりひらしじみ》の温かい味噌汁や胡瓜《きゅうり》の古漬けで食べる炊きたてのご飯の味をおもいだせば、口のなかに唾が滲《にじ》みだしてくる。

腹を減らしながら物陰から様子を窺っていると、一挺の宿駕籠《しゅくかご》が表口に滑りこんできた。

しばらくすると、敷居の内から肥えた人物があらわれる。

主人の池田屋庄介《しょうすけ》であろうか。

求馬は身を乗りだした。

庄介の名を口走った伝右衛門も、何処まで調べがついているのか、肝心なことは教えてくれない。

池田屋は太鼓腹を抱え、しんどそうに駕籠へ乗りこんだ。

求馬は欠伸《あくび》を嚙み殺し、のんびりと進む駕籠尻を追いかける。

すぐそばの呉服橋御門を渡り、道三堀《どうさんぼり》に沿って辰ノ口《たつくち》へ向かった。

着いたのは目と鼻の先、わざわざ駕籠を使ったのは見栄でしかなかろう。

池田屋が訪ねたさきは、朝廷の使者を迎えいれる伝奏《てんそう》屋敷にほかならなかった。

さすがに表口ではなく、池田屋は裏口からこっそり忍んでいく。

「妙だな」

運上金逃れの悪徳商人にはそぐわぬところだ。

首を捻ると、突如、後ろから叱責された。

「そこで何をしておる」

吃驚《びっくり》して振りむけば、相手も「あっ」と声をあげた。

近づいてきたのは伝奏屋敷の番士、風見新十郎《かざみしんじゅうろう》である。

矢背家への婿入りを競う相手で、志乃ともよく竹刀《しない》を合わせている。洗練された風貌は当代人気の歌舞伎役者とくらべても見劣りせず、求馬のごとき無骨《ぶこつ》さは微塵《みじん》も感じられない。

「目が真っ赤だぞ。ふふ、さては夜通し、下り酒問屋を張りこんでおったな」

「おぬし、池田屋のことを存じておるのか」

「あたりまえだ。おぬしと同じ密命を帯びておるのがわからぬのか」

「何だと」

「室井さまにとって、おぬしはいつも咬《か》ませ犬。探索の主役はこっちよ」

「ふん、どうだか」

ぷいと横を向きながらも、風見が何処まで調べているのか知りたくなった。

たとえば、池田屋が誰に会うために伝奏屋敷を訪れたのか、新川河岸の桟橋で悪事の一端を目にしただけに、気にならないといえば嘘になる。

「菰包みが運ばれるところをみたのであろう。即座に酒蔵を暴けば不正の証しを得られように、何故、室井さまは動こうとされぬのか。わけがわからず、腹が立つやら口惜しいやら……どうせ、そんなところであろうが」

「おぬしにはわかるのか、室井さまのお考えが」

「池田屋を泳がそうとしておられるのさ。裏で糸を引く者の正体を見極めるためにな」

「裏で糸を引く者」

ひょっとして、伝奏屋敷に会いにきた相手のことだろうか。

「そのお方が誰か、知りたいか」

風見は得意げに鼻をひくつかせる。

「志乃さまをあきらめるなら、教えてもよいぞ」

「何っ」

刀を抜く勢いで応じると、風見はすっと身を引いた。

「ふふ、冗談の通じぬやつだな。おぬし、それほど矢背家に婿入りしたいのか」

「おぬしはどうなのだ」

「わしは一時の情に流されぬ。矢背家へ婿入りするのは、あくまでも旗本役の膳奉行になるためだ。たぶん、志乃さまもそういう相手を望んでおられよう。惚れた腫れたで右往左往するような間抜けは、けっして望んでおられまい」

「わしを間抜けと申すのか」

「そうおもっておらぬようなら、よほどめでたい男だな。ふふ、池田屋が目通りを願ったお方は、甘露小路増長《かんろこうじますなが》さまだ」

「えっ」

「官位は従二位《じゅにい》の元武家伝奏、霊元《れいげん》上皇さまの懐刀とも噂されるお方でな、江戸にはお忍びで下ってまいられたとか。ふん、ぴんときておらぬようだな。致し方あるまい、おぬしからすれば、雲上人《うんじょうびと》にほかならぬゆえな」

「さようなお方のもとへ、何故、下り酒問屋が会いにくる」

「池田屋は上方で上等な酒をつくり、隠密裡《り》に江戸表へ運ばせている。ちょうどこれからは新酒の季節、池田屋の酒を嗜《たしな》みたい諸侯《しょこう》諸役人は大勢いる。もちろん、つきあって得になる相手と踏めば、池田屋は贈答の新酒ばかりか、黄金餅のぎっしり詰まった菓子折も包む。伝奏屋敷の雲上人も、菓子折目当てに都から遥々《はるばる》下ってこられたようなものさ」

賄賂を貰っているというだけで、悪徳商人の後ろ盾と断じるのは早計かもしれない。しかし、風見には甘露小路を疑うだけの裏付けがあるようだった。

「金剛寺の境内で前田家の姫君が襲われたそうだな。それとも関わってくる」

「どういうことだ」

「直姫が縁組した相手は次々代関白《かんぱく》と目される二条家の嫡男《ちゃくなん》、さきの関白であられた近衛公のいわば息の掛かったお相手だ。近衛公を毛嫌いなさる霊元上皇さまとしては、おもしろくない。何せ、一条《いちじょう》家から意のままになる関白を選ぼうと画策《かくさく》しておられるのだからな」

関白に選ばれるためには、天皇家のみならず、朝廷に仕える官位の高い公卿《くぎょう》たちに金を湯水とばらまかねばならない。そのため、前田家という「財布」を得た二条家が関白の座を射止める公算は大きくなる。

ならばいっそのこと、幼い姫の命を奪ってしまおうと考え、霊元上皇の意を汲んだ甘露小路が刺客を放ったとでもいうのだろうか。

「そういう筋書きもあり得るというはなしだ」

どっちにしろ、すべては雲上人同士の意地の張り合いに端を発しているという。

求馬には、まったく理解できない。ただ、志乃の生まれ育った八瀬《やせ》荘の人々が近衛家に忠誠を誓っていることは知っている。志乃が直姫を救ったことや小人目付に従いていったことも、風見が説いた内容と関わってくるのだろうか。

「すべては臆測の域を出ぬがな。甘露小路さまほどの大物がお忍びで江戸へ下られるには、よほどの理由があるとしかおもえぬ」

志乃は敵中へ潜入し、その辺りを探ろうとしているのかもしれない。

だが、求馬は何よりも、志乃の安否が知りたかった。

風見もさすがに、連れていかれたさきまでは知らぬらしい。

「おそらく、無事でおられよう」

「適当なことを抜かすな」

「勝算がなければ、あのお方は動かれぬ。それゆえ、わしは案じておらぬのさ」

うそぶく風見に背を向け、求馬は足早に歩きだした。

「待て、何処へ行く。甘露小路増長の面相《めんそう》を拝みたくはないのか。ふふ、拝みたいのなら、明朝、芝居町《しばいまち》の中村座《なかむら》まで来るがよい」

「中村座」

「前田家のお殿さまはたいそうな芝居好きでな、中村座を一日だけ千両で貸切にされたのだ」

武家は芝居など観てはならぬ。表沙汰になれば罰せられるほどのはなしだが、綱紀公は裏から手をまわして桂昌院に許しを得たらしい。直姫と公家の縁組が成立したのも、大掛かりな寺社の改築を望んだ桂昌院の願いを、前田家がふたつ返事で聞きいれたからだという。

「霜月《しもつき》の芝居正月に掛ける演目を、座元《ざもと》の配慮で一日だけ披露すると聞いた。じつは、甘露小路さまも芝居がお好きらしくてな、池田屋の口利きで招かれておるのさ」

「どうして、池田屋が」

「言うておらなんだか。池田屋庄介はな、前田家の御用達《ごようたし》なのさ」

御用達の下り酒問屋が密造酒を造って江戸表に運び、堂々と運上金逃れの大罪を犯している。裏事情を知るにしろ知らぬにしろ、御用達の悪事が露見すれば、天下の前田家も無事では済むまい。

もちろん、風見のはなしを鵜呑みにするわけにもいかず、求馬は頭を混乱させながら伝奏屋敷を離れていった。

五

神無月は霜月の芝居正月に向けた仕込みの月、例年であれば日本橋堺町《さかいちょう》の界隈は閑散《かんさん》としている。たった一日で一千両もの儲けが手にできるのだから、座元の中村座としては、ありがたいことこの上なかろう。

「それだけの散財ができるのも、百万石を領する加賀公ゆえのことじゃ」

噂は尾鰭を付けて広まりつつあったが、あくまでも御上への体面上、本日の芝居上演は「お茶会」の体裁を取っている。すなわち、前田家のお殿さまに茶を点ずる余興として芝居が演じられるのである。

しかも、役者は当代随一の人気を誇る市川團十郎《いちかわだんじゅうろう》、演《だ》し物は「暫《しばらく》」の一幕と、あらかじめ前田家から命じられていた。

舞台は鎌倉《かまくら》の鶴岡《つるがおか》八幡宮、皇位につこうと目論む公家《くげ》の悪人が抗う善良な男女を打ち首にしようとする。そこへ武家の強者が颯爽《さっそう》とあらわれ、長台詞《ながぜりふ》を滔々と述べたすえに悪人どもを成敗するという単純明快な筋立てだ。

中村座の言い分では、初演は六年前の正月に『参会名護屋《さんかいなごや》』で團十郎が演《や》った一場面らしいが、森田《もりた》座はそれより五年も早く『大福帳朝比奈《あさひな》百物語』で初演を掛けたと言い張っている。二大座元がたがいの主張を譲らぬのは、この芝居が江戸の町人たちに大うけしたからにほかならない。

派手な扮装《なり》で善玉を演じる團十郎は不動明王《ふどうみようおう》の化身とも評され、鋭い眼光で睨まれればあらゆる厄《やく》は除かれるとまで信じられており、大奥の女官たちまでが宿下《やどさ》がりの際には芝居小屋へ忍んでくるという。霜月の顔見世興行でかならず掛けられる演目を、前田綱紀公は所望《しよもう》したのである。

求馬も芝居の評判は耳にしていたので、興味津々《しんしん》の体で中村座へやってきた。

小屋の内へ入れてもらえたのは、風見の口利きがあってのことゆえ、それだけは感謝しなければなるまい。肝心の風見は警固《けいご》の役目を担っており、舞台下の端から舞台正面のかぶりつき席を窺っている。

客席は前田家の家臣たちで埋め尽くされていた。

もちろん、求馬は芝居見物に来たのではない。甘露小路増長なる元武家伝奏の顔を拝みにきたのだ。髪形や扮装から推すと、甘露小路は賓客《ひんきやく》の扱いを受けており、綱紀公のすぐそばに座っているようだが、求馬の位置からでは後ろ頭しか拝むことができない。

眼差しは自然と、舞台上へ向けられた。まっさきに目を引いたのは「うけ」と称される悪人どもの奇抜な扮装だ。芝居はすでにはじまっており、公家悪《くげあく》の清原武衡《きよはらのたけひら》は白塗りの面相に青い隈取《くまど》りをほどこしていた。

まさに、そのふてぶてしいすがたは客席に座る甘露小路と重なってみえたが、本人がどうおもっているのかは推察のしようもない。

公家悪のかたわらには、禿げ頭で耳の両脇から髪を垂らした「鯰坊主《なまずぼうず》」や瓢箪《ひょうたん》を手にした「女鯰」が控えている。鯰坊主の纏った萌葱《もえぎ》に鮹《たこ》模様の着付け羽織などもおもしろいが、出色《しゅっしょく》なのは赤っ腹の腹を突きだした力士のごとき家来たちであろう。

家来の「腹出し」どもが善良な男女を捕らえ、公家悪の合図でいよいよ打ち首にしようとしたとき、花道の奥から大声が響きわたった。

「しばらぁくぅ、しばらく、しばらあくーぅ」

颯爽と登場したのは五本車鬢《くるまびん》の鬘《かつら》に紅隈取りの團十郎、鎌倉権五郎《ごんごろう》なる役名がついているものの、見物客たちのあいだでは「しばらく」と呼ばれている。

七三《しちさん》と称される花道のうえで、團十郎は立て板に水のごとく長台詞を滔々と述べたてた。さらに、両肩を揺すりながら舞台中央へと進み、客席に面と向かうやいなや、柿色素襖《すおう》の衣装をぱっと左右に開いてみせる。

「おお」

俄然《がぜん》、客席は盛りあがった。

ここが最大の見せ所と、誰もが心得ているからだろう。

八反の布でつくられた衣装の袖は芯を入れて角張らせてあり、四角のなかには三升紋《みます》が鮮やかに染めぬかれている。

團十郎は七尺（約二・一メートル）の太刀を抜きはなち、腹出しどもの首をちょんちょん刎《は》ねていった。そして「さらば」と見得を切るや、口惜しがる公家悪や鯰坊主を尻目に花道を引きあげていく。

「やっとことっちゃ、うんとこな」

力強くも剽軽《ひょうきん》な言いまわしの掛け声に合わせて、独特の六方《ろっぽう》を踏みながら意気揚々《ようよう》と引きあげていくのである。

荒唐無稽《こうとうむけい》な演出と単純な筋立てゆえに、かえって客を惹《ひ》きつけるのかもしれない。見得《みえ》に睨みに長台詞、荒事《あらごと》を演じる團十郎は噂に違《たが》わぬ大立者《おおだてもの》にほかならず、生き不動と奉られるだけの役者だとおもった。

主役が幕の向こうに消えると、やんやの喝采《かっさい》が沸き起こった。

前田家の家臣たちも「今日は無礼講《ぶれいこう》」とのお達しが出ているせいか、遠慮なく歓声を送りつづける。

ただし、これで終わったわけではなく、見せ場はもうひとつ残されていた。

おそらく、台本の中身を知らぬ客たちは、芝居のつづきをみせられている気分だったにちがいない。

客たちが余韻《よいん》に浸っているなか、舞台上に尋常ならざる殺気が膨らんだ。

公家悪のかたわらに座る女鯰がふいに駆け寄り、鬘をかなぐり捨てるや、中空に高々と跳躍したのである。

女鯰は右手に短刀を握っていた。

「あっ」

面つきには、みおぼえがある。

「……さ、猿婆ではないか」

狙う相手は綱紀公ではなく、甘露小路増長のようだった。

――ぱん。

刹那《せつな》、筒音が響いた。

猿婆らしき女鯰が床に落ちてしまう。

「くせものじゃ、くせものを捕らえよ」
花道の奥から、長筒を提げた男が叫んでいた。
長筒の筒口からは硝煙《しょうえん》が立ちのぼっており、男の頬には百足がのたくったよ
うな刀傷が見受けられる。
「くせ者はあやつだ。あやつを捕らえよ」
機転を利かせたのは、風見であった。
番士たちは刀を抜き、一斉に花道の奥へ殺到する。
面食らった頬傷の男は、ぱっと踵《きびす》を返した。
一方、求馬は撃たれた女鯰のもとへ駆けつけていた。
「おい、しっかりせい」
まちがいない、猿婆だ。
胸から血を流しているが、脈はまだある。
袖を裂いて肩口を縛り、止血をしたうえで抱きあげた。
前田家の連中は呆気に取られ、邪魔立てするのも忘れている。
眼差しを感じて振り向くと、甘露小路が血走った眸子で睨んでいた。
おもったとおり、狡猾《こうかつ》そうな面つきだ。青い筋隈を塗ってやれば、そっくりそ

のまま公家悪になるだろう。

求馬は威嚇《いかく》するように睨み返し、猿婆を抱いたまま脱兎のごとく駆けだした。大勢の番士が屯《たむろ》する表口ではなく、舞台裏へ飛びこみ、木戸口から外へ逃れる。

ちょうどそこに、大柄の役者が佇んでいた。

汗だくの顔に紅の隈取りが滲んでおり、美味そうに煙管《キセル》を喫《ふ》かしている。

「あっ」

團十郎にほかならない。

「助けてください。婆さんが鉛弾で撃たれました」

必死の形相で懇願すると、團十郎は「従《つ》いてこい」と言いはなち、みずから裏通りを横切っていく。

導いてくれたのは芝居茶屋の勝手口で、集まった奉公人たちは馴染《なじ》みのようだった。

「おい、蒲団《ふとん》をしけ」

團十郎の指図で奉公人たちは機敏に動き、猿婆は蒲団に横たえられた。

しばらくすると、町医者まで駆けつけてくる。

「胸を撃たれたようじゃが、弾は貫通しておる」

微妙に急所は逸《そ》れているようだが、多量に血を流しているので予断は許さぬとのことだった。

「今宵が山じゃな」

医者のことばが、にわかには信じられない。

目を閉じているのはただの年寄りで、婆さんは撃たれたのだ」気丈な猿婆の面影は消えていた。

「それにしても、何故、婆さんは撃たれたのだ」

團十郎に尋ねられても、求馬は首を捻るしかない。

もちろん、何らかの理由で甘露小路の命を狙ったのであろう。

それを、前田家の忍びとおぼしき頰傷の男が阻んでみせたのだ。

今は暗殺におよんだ経緯を臆測する気にもならず、猿婆が助かってくれることだけを祈るしかない。

團十郎も心配そうに覗きこんだ。

「おぬし、婆さんと血が繋がっておるのか」

求馬は問われ、咄嗟の機転でうなずいた。

血縁ならば、親切にしてもらえる気がしたのだ。

そこへ、芝居茶屋の女将《おかみ》らしき年増《としま》が近づいてきた。

「お役人たちが婆さまを捜しているよ。公家の首を狙った下手人らしいけど、冗談じゃない、こんな婆さまに人なんぞ殺められるものですか」

「あたりまえだ。役人どもが検《あらた》めに来たら、適当にあしらっておけ」

「お任せくださいな」

團十郎の指図に、女将はぽんと胸を叩く。

求馬は、深々と頭を垂れるしかなかった。

六

その夜、秋元屋敷で室井にようやく目通りがかなった。

しばらくみないあいだに、ずいぶん窶《やつ》れてしまったようだが、流行病《はやりやまい》で寝込んでいたらしかった。

「皆藤《かいとう》に聞いたぞ。鬼役の試問で見事な所作を披露したのは、風見新十郎とおぬしのふたりだけであったとか」

「はあ」

「さすが、南雲五郎左衛門の愛弟子と、褒められて嬉しゅうはないのか」

「嬉しゅうございます」

と、応じてはみたものの、試問のことより、芝居茶屋に残してきた猿婆の容態や志乃の安否が案じられる。

室井もそれと察してか、弛めた頰をすぐに引き締めた。

「試されておるのは、おぬしだけではない。志乃とて同じ。はたして徳川家の直臣《じきしん》にふさわしいか否か、早々に判断したうえで、矢背家の当主を鬼役にいたすかどうかを、わが殿に上申せねばならぬ」

意外なことばに、求馬は驚きを禁じ得ない。

矢背家の当主が鬼役に就くのは既定のことで、志乃自身にも隠密御用に勤しむ覚悟ができているとおもいこんでいたのだ。

「いいや、志乃はずっと迷うておる。こたびのこととてそうじゃ。わしの許しも得ず、勝手に奔《はし》りよった。甘露小路増長の命を奪ったとて、将軍家には何ひとつ益がない。にもかかわらずな」

「お待ちを」

「順序立てて説けと申すのか。ふん、おぬしのごとき軽輩に説いてもはじまらぬが、まあ、愚痴のかわりとおもうことにいたそう」

室井が志乃に命じたのは、あくまでも紀文からの依頼に応じ、池田屋の運上金逃れを暴くことであった。前田家の御用達でもあり、きわめて慎重に探索をすすめることが求められたという。

「志乃は弱音を吐いた。偸組を束ねる前田家の忍びに邪魔され、おもうように調べが捗《はかど》らぬと申してな。言い訳をするのは初めてのことゆえ、妙だとおもうた。それゆえ、公人朝夕人の伝右衛門に命じ、探りを入れさせたのじゃ」

求馬は唾を呑み、瞬きもせずに耳をかたむけた。

室井は空咳をひとつ放ち、淡々とつづける。

「すると、恐れていたことが起こった。志乃のやつめ、無益な朝廷の勢力争いに首を突っこみおったのじゃ」

前田家の直姫が二条家へ輿入《こしい》れすることで、一条家から関白を出したい霊元上皇の企てに狂いが生じる。そのため、懐刀と目される甘露小路増長が輿入れを阻む命を受け、江戸表へ寄越された。姑息《こそく》な手を使って直姫の命まで奪おうとしたのだろうと、室井は信じがたいような筋を描いてみせる。

「筋書きどおりならば、由々《ゆゆ》しきはなしじゃ。されど、たとえ直姫が病い犬に噛み殺されておったとしても、公儀《こうぎ》としてはみてみぬふりをしていたであろう。公家の誰が関白になろうが、どうでもよいはなしゆえな。ひとつ懸念《けねん》があるとすれば、前田家との仲立ちをとられた桂昌院さまの面目が潰されたかたちになることじゃ。されど、凶事は予期せぬ不幸として扱われ、真相は闇に葬られよう。まかりまちがっても、近衛さまを忌避《きひ》する霊元上皇のご意向がはたらいたなどと、幕閣でも前田家でも臆測できるお方はおるまいて」

ともあれ、腫れ物に触るようなはなしなので、室井としては深入りしたくなかった。にもかかわらず、志乃は事前に敵の動きを察したのか、直姫に降りかかるであろう凶事を阻むべく、金剛寺へ向かったのだという。

「おぬしは、何も知らずに従いていった。遊山気分で紅葉狩りを楽しみ、志乃の心を射止めようとでもおもうたか。ふん、さような甘い考えでは、将軍家の鬼役はつとまらぬぞ」

余計なお世話だ。鬼役なんぞにならずともよいと、胸の裡で叫んだ。

こうした心情になるのは、おそらく、これがはじめてではなかろう。厳しい修行をかさねながら、つねのようにおもってきたが、志乃を救うことができぬので あれば、鬼役になることも、旗本になることも、今の求馬にとっては意味をなさなかった。

「志乃がどうやって敵の意図を知ったのかはわからぬ。おそらく、池田屋を探るなかで嗅ぎつけたのじゃろう。志乃は金剛寺の境内で敵の目論見《もくろみ》を阻み、甘露小路増長の息の根を止めるべく、敢えて虜囚《りょしゅう》となって敵中に身を投じた。中村座で甘露小路の命を狙わせたことも、すべては近衛家を守るため、みずから侍女に命じてやらせたことじゃ。事情はどうあれ、幕臣の肩書きを持つ志乃のやることは、わが殿の行く末をも左右する。ひいては、徳川家の権威にも関わってくることゆえ、捨ておけぬのじゃ」

志乃の安否は気に掛けず、室井は志乃の取った勝手な行動ばかりを非難する。

求馬のなかに、名状《めいじょう》し難い怒りが突きあげてきた。

「おことばではございますが、裏で糸を引く者を探りだすために、室井さまは池田屋を泳がせておられたのではありませぬか。それが甘露小路なる公家であるならば、池田屋ともども断罪すべきかと心得まする」

室井は眸子を細め、弛《ゆる》みかけた喉のあたりを撫でまわす。

「ほう、わしに意見するとはな。いつから、さように偉うなった。池田屋と甘露小路増長の関わりは臆測の域を出ぬ。そもそも、池田屋の素姓がはっきりとしておらぬではないか。おぬし、ただの下り酒問屋だとおもうておるのか」

「ちがうのですか」

「志乃が申しておったわ。池田屋は近江《おうみ》の比良《ひら》一族に関わりがある者かもしれぬと」

「比良一族」

「申すまでもあるまい。これを盗もうとしておった連中よ」

そう言って、室井は袂から水晶玉を取りだす。

凛の持っていた「龍の涙」にちがいない。

「どうして、それを」

「治兵衛と申す薬種問屋の隠居が、わざわざ届けにまいったのじゃ。凛という娘が近々に勃《お》こるであろう惨事をみてしまった。ふたたび悲惨な光景が玉に映しだされれば、心を病んでしまう恐れもあるゆえ、しばらくのあいだ預かってほしいと申してな」

映しだされたのは、大地震《おおない》で荒廃した町の風景らしかった。治兵衛は凛から事情を告げられ、その場で水晶玉を取りあげたのだという。

「おぬしも聞いておるとおもうが、凛の母親は志乃の姉じゃ。八瀬衆は比良一族と犬猿の仲であったが、十年ほど前、とある公家の仲立ちで一時だけ争うのを止めた。公家は八瀬衆に返礼として、主家の娘を側室《そくしつ》に貰いたいと願った。それが志乃の姉じゃ。名はたしか、佐保《さほ》と申したか。公家の家業は日和見《ひよりみ》でな、佐保には吉凶を先読みできる不可思議な力が備わっておることを知っていたのじゃ」

佐保は公家の側室になり、娘の凜を産んだ。ところがほどなくして、悋気《りんき》の強い正妻に毒を盛られ、亡くなってしまったのだという。

「何と、亡くなっておられたのですか」

「ああ、そうじゃ」

凜も命を狙われたが、侍女の機転で出開帳の一行に潜りこませることができた。凜はどうにか江戸表までは連れてこられたものの、回向院の門前に捨てられ、薬種問屋の主人に拾われたのである。

「数奇と申せば、あまりに数奇な運命じゃ。志乃が故郷を離れて江戸表へまいった理由のひとつは、姉の忘れ形見である凜を捜すためであったという」

ふたりが出会うことができたのは、神仏のご加護があったおかげかもしれない。

求馬はあらためて、そうおもった。

しかも、凜は母親から不思議な力を受け継いでいたのだ。

「室井さま、池田屋は比良一族と関わりがあるやもしれぬと仰いましたな。それはまことでしょうか」

「そもそも、比良一族はお神酒《みき》造りをもって朝廷に仕えておったという。杜氏《とうじ》の姓が池田と申すのじゃ。ひょっとしたら、三人衆と呼ばれている者のひとりかもしれぬ。それだけではないぞ。比良一族は八瀬衆との仲立ちをとった公家の間《かん》諜《ちょう》となり、長らく霊元天皇にお仕えした。ところが、近衛さまが関白の座に返り咲くと疎まれ、霊元天皇が上皇となって移られた仙洞《せんとう》御所へ救いを求めた。その際も仲立ちをとったのは、佐保を側室にして毒殺に追いこんだ公家であった」

「もしや、その公家とは」

「甘露小路増長じゃ」

「げっ」

「粗暴で和漢の故事に疎いものの、妙に目端の利くところがあり、相手を誑《たら》しこむ術に優れておるとか。それが武家伝奏であったころの人物評じゃ。当時、高家《こうけ》の吉良上野介《きらこうずけのすけ》さまがわが殿に仰った内容ゆえ、まず、まちがいなかろう」

ことばを失う求馬のことなど気にせず、室井は語気を強める。

「志乃はな、姉を救おうともせなんだ甘露小路増長を恨んでおった。それゆえ、命を狙ったのじゃ。つまり、私怨で動いたにすぎぬ。しかも、失敗《しくじ》りおった。頰傷の男は前田家に仕える偸組の頭でな、左文字与惣兵衛《さもんじよそべえ》と申すらしい。左文字の系譜をたどれば、近江に行きつくという。おそらく、そやつも比良一族に関わりがあるに相違ない。志乃は手強《てごわ》い相手を敵にまわしてしもうたのじゃ」

下り酒商人の運上金逃れを暴くつもりが、藪《やぶ》を突《つつ》いて蛇を出す顚末《てんまつ》になりつつある。それはすべて志乃のせいだとでも言わんばかりに、室井は目を剝いてみせた。

「強がっておるが、志乃はまだ二十歳の娘じゃ、二度と戻れぬ故郷をおもい、隠れて泣いているのも知っておる。されど、志乃は八瀬荘を守るため、みずから徳川家に仕える道を選んだ。はっきりと約したのじゃ、綱吉公に忠誠を誓うとな。されど、あやつはいまだに迷うておる。将軍家と近衛家を天秤に掛け、どちらに仕えるべきか決めかねておる。隠密としていかに優れておっても、将軍家への忠義が揺らげば、大事な役目を授けるわけにはいかぬ。こたびの件では、あやつの性根が試されておるのじゃ」

志乃の性根を試すために、わざわざ困難な情況へ導いたのではないかと、求馬は勘ぐった。室井ならば、それくらいのことはやりかねかない。

「志乃さまは直姫を病い犬からお救いになり、小人目付に連れていかれました。御目付のどなたかに掛けあっていただければ、取り戻すことができるかもしれませぬ」

「おそらく、御目付は絡んでおらぬ」

「と、仰いますと」

「病い犬の件は、甘露小路の指図で池田屋と左文字が仕掛けた。小人目付は金で雇われたにすぎぬ。わしは、そうみておる」

「妙ではありませぬか。池田屋は前田家の御用達で、左文字は同家に仕える忍びにござります。前田家の姫君を亡き者にすれば、みずからの首を絞めることになりませぬか」

「企てるはずがないという見立てを、まずは疑ってみねばならぬ。要は、前田家と甘露小路家のどちらに忠誠を尽くすのかというはなしじゃ。志乃はすぐさま、敵の正体を見破った。そして、みずからを制することができぬようになった」

「やはり、志乃さまは捕らえられたのでしょうか」

「捕らえられても脱することができると、甘く考えておったのかもしれぬ」

「志乃さまの行方は」

「わからぬ。ただ……」

「ただ、何でござりましょう」

「……凜という娘は、水晶玉のなかに惨事とは別の光景をみたらしい。何処かはわからぬが、志乃らしきおなごが仏塔のごときものの天辺《てっぺん》から吊るされておったそうじゃ」

「えっ、まことにござりますか」

後ろ手に縛られ、志乃は吊るされていた。それがいつの光景なのか、凜にもそこまではわからぬという。

「いずれにしろ、侍女とは連絡を取っていたはずじゃ。中村座で甘露小路の命を狙わせたのだからな」

求馬は畳に両手をついた。

「室井さま、それがしは命に替えても、志乃さまをお救い申しあげとうござります。そして、是非とも悲願を叶えて進ぜたい。池田屋は甘露小路の指図で運上金逃れの不正をおこなっているに相違ござりませぬ。それが証し立てできたあかつきには、それがしに密命を下していただけませぬか」

「甘露小路増長を成敗させよと申すのか」

「はい。どうか、このとおりにござります」

潰れ蛙のごとく平伏すと、室井は深々と溜息を吐いた。

「わしとて、志乃を失いたくはない。されど、私怨で動く者の手助けはできぬ。公家は腫れ物じゃ。将軍家にあだなす者でないかぎり、命まで奪うことはできぬ」

室井の頑《かたく》なな気持ちを動かすのは難しかろう。されど、最後の最後で助けてくれることを信じ、求馬は殺風景な部屋をあとにした。

七

求馬はその足で、千駄木の団子坂に隠居屋敷を構える治兵衛を訪ねた。

凜は水晶玉に禍々《まがまが》しい光景をみて以来、床に臥せりがちだという。吊るされた志乃が映しだされた景色について、どうにか聞きだしてはみたものの、捕らわれているであろう場所は特定できなかった。

堺町の芝居茶屋へ戻ると、風見が昏々《こんこん》と眠る猿婆の枕元に座っていた。

「町奉行所の捕り方が嗅ぎまわっておるぞ。されど、甘露小路さまの命を狙った刺客がまさか、これほど近くに潜んでいようとはおもうまい」

「おぬしは、ようわかったな」

「命を救いたいなら、近場で治療するしかあるまい。往来から奉公人たちの様子を窺っておれば、何処の茶屋に運ばれたかはわかる」

風見は芝居茶屋を訪ね、担ぎこまれた婆さまの孫だとみずからを偽り、女将を信用させたらしかった。

「容態に変わった様子は」

「ないな。生きておるのが不思議だと、町医者は言うておったわ」

「さようか」

「さすが、八瀬のおなごよ。とても、七十超えの婆さまとはおもえぬ」

猿婆が齢《よわい》七十を超えていると知り、求馬はあらためて驚かされた。

「室井さまのもとへ行っておったのか」

「ああ」

「浮かぬ顔ではないか、ようやく会えたのであろう」

「まあな」

「さては、余計な手出しはするなと釘を刺されたか。室井さまのお立場なら、致し方あるまい。将軍家にとって、朝廷や公家は腫れ物も同然ゆえな」

「甘露小路は伝奏屋敷に戻ったのか」

「ああ、何食わぬ顔でな。さすがに、胆だけは据わっておる。鼻先に白刃を向けられても、平然としておったしな」

「長筒を撃った忍びは」

「逃したさ。番士たちが束になってもかなう相手ではなかろう」

「あの者の素姓を知っておるのか」

「左文字与惣兵衛。前田家に仕える偸組の頭だが、金を積めば容易に転ぶ。前田家への忠義なんぞは欠片もなかろう」

「ならば、直姫に病い犬をけしかけたとしても驚きはせぬな」

「ああ、そうだ。けしかけたのは、左文字にちがいない」

「直姫はどうしておられる」

「部屋に籠もりきりらしい」

監視の目が光っており、忍びも容易には近づけぬという。そもそも、屋敷内で殺めれば、内部の者に疑いが掛かるので、左文字も容易には手を出すまいと、風見は言ってのけた。

「金に転んだと申せば、小人目付どもの屍骸が音無川《おとなしがわ》の汀でみつかったぞ」

「何っ」

屍骸は三つ、いずれも心ノ臓をひと突きにされていた。志乃を連れていった小人目付たちにまちがいないという。

「小人目付たちも、池田屋に金で雇われたのさ。口を封じたのは、汚れ役を担う左文字であろうな」

「指図したのは」

「きまっておろう、甘露小路増長さ」

「証し立てはできるのか」

「難しかろうよ。それゆえ、室井さまは放っておけと仰せになったのだ」

室井の意図をわかったうえで、志乃は勝手に動いた。

「甘露小路は、志乃さまが姉の仇と狙っていた相手だ。そやつが何の因果か、江戸表へのこのこやってきた。志乃さまのお立場になれば、誰あろうとこの機を逃すまいとおもうだろうさ」

風見も志乃の姉にまつわる因縁を知っているようだった。

「池田屋の素姓を探っていくと、近江の比良一族へ行きつく」

「三人衆のひとりかもしれぬと、室井さまは仰ったぞ」

「八瀬の血を引く者にとっては、相容《あいい》れぬ相手だ」

しかも、後ろで糸を引くのが甘露小路だとわかった。

「江戸表へ遣わされた理由は、直姫のことだけではあるまい。なぜなら、甘露小路は大奥《おおおく》の御年寄《おとしより》とも秘かに会うておるからな」

「まことか」

「ああ。しかも、会ったのは大奥総取締《そうとりしまり》の右衛門佐局《うえもんのすけのつぼね》、御台所《みだいどころ》の懐刀にほかならぬ。そのことは、室井さまにもお伝えした。世継ぎに関わることかもしれぬと、仰せになっていたわ」

「世継ぎとは将軍家の」

「そうだ、ほかに何がある」

風見は何でも知っている。まるで、敵と通じているかのようだと、求馬は感心しながらおもった。

「触らぬ神に祟《たた》り無し。ともあれ、室井さまは無視を決めこむつもりでおられたのだ。ところが、志乃さまの手綱《たづな》を引くことはできなかった。志乃さまの熱くなられるお気持ちはわかるが、とんでもないことをしでかしてくれたものだ」

風見は顔を顰め、残念そうに漏らす。

「当主がおらぬようになれば、矢背家は消滅し、婿入りもできなくなる。旗本への昇進も見送られよう」

求馬は声を荒らげた。

「おぬしは、自分のことしか考えておらぬのか」

「今の情況では、志乃さまを捜しようがあるまい。それとも、何か摑んできたのか」

「姫御の凜が水晶玉に映った景色をはなしてくれた。志乃さまは、仏塔のごときものの天辺から吊るされておったらしい」

「仏塔か。江戸市中に的を絞れば、仏塔は六箇所ある」

寛永寺、池上本門寺《いけがみほんもんじ》、芝増上寺《しばぞうじょうじ》、浅草寺《せんそうじ》、谷中感応寺《やなかかんのうじ》、中野宝仙寺《なかのほうせんじ》と、風見は寺の名をすらすらと並べてみせる。宝仙寺だけは三重塔だが、ほかの五箇所はすべて境内に五重塔を有しているという。

「場所もそうだが、日付もわからぬ。姫御がみたのは、先々に起こることゆえな。ひとつだけあきらかなのは、秘かに連絡《つなぎ》を取りあっていた猿婆がその場所を知っているということだ」

「なるほど」

風見は首を伸ばし、猿婆の顔をうえから覗きこむ。

息すらしていない様子で、猿婆は眠りつづけていた。

「いったい、どうやって連絡を取っておったのか」

「池田屋なら、連れこまれたさきを知っておろう」

求馬の台詞を、風見はやんわりと拒んだ。

「拐かすのは難しいぞ。警戒しておるはずだからな」

たしかに二度は失敗できぬので、自重すべきだろう。

「やはり、頼みの綱は婆のみか」

風見が顔を近づけ、ふっと息を吹きかける。

すると、猿婆の睫が小刻みに震えた。

目ではなく、唇がわずかに開く。

ふたりは同時に顔を寄せ、ごつんと額をぶつけた。

風見はひっくり返り、頭の堅い求馬だけが耳を近づける。

「……くじ」

ひとことだけつぶやき、猿婆は口を閉じた。

「おい、起きろ、起きてくれ」

肩を揺すっても、目を醒ましそうにない。

ふたたび、死んだように眠ってしまった。

「……くそっ、石頭め。婆さまは何とつぶやいた」

「くじと言うたぞ」

「富くじか。仏塔があって、なおかつ富くじの興行が許されておるのは、谷中の感応寺だけだな」

日中はたいそうな賑わいゆえ、敵が動くとすれば夜半であろう。

「今宵から、交替で張りこむぞ」

風見は嬉々として言いはなつ。

志乃をめぐって競う相手のことばが、求馬には力強い後押しに感じられた。

八

夜になると、ぐんと冷えこむ。

求馬と風見は谷中の感応寺へやってきた。

感応寺は由緒ある日蓮宗《にちれんしゅう》の古刹《こさつ》であったが、教義によって他宗派の参詣を禁じていたため、四年前に幕命で天台宗《てんだいしゅう》へと改宗させられた。

寺領は広大で、参道は長い。仁王門を潜ると、右手に五重塔が聳えている。

わずかに欠けた朧月《おぼろづき》を背に抱え、地上にある豆粒のごとき人間を睥睨《へいげい》しているかのようだ。

目を細めて見上げても、軒先から吊るされた人影はない。

ほっと、求馬は安堵の溜息を吐いた。

「あそこから吊るされたら、たまったものではないな」

自分なら睾丸《こうがん》が縮みあがるであろうと、求馬はおもう。

「まったくだ」

本堂の手前には星降梅《ほしふりうめ》という銘木が立ち、元禄になってから建立された露坐《ろざ》の大仏も見受けられる。感応寺の住持は機転の利く人物だったらしく、本堂や塔頭《たっちゅう》の改修費用を捻出すべく、寺社としては初めて幕府に富くじ興行の許しを求めた。

当初は年に三度だけであったが、今では毎月催されている。本堂のまんなかに大きな木箱を置き、外からみえぬように入れてある木札を槍で突く。それゆえに

「突き富」とも呼ばれているのだが、あらかじめ購入しておいた紙の番号と突いた木札の番号が一致すれば、賞金を手にできる仕組みだった。

富くじ興行は「三富」とも言われ、認められているのは目黒《めぐろ》不動と湯島《ゆしま》天神と感応寺だけなので、毎回大変な賑わいとなる。もっとも、夜になれば参道には人の気配すらなく、しんと静まりかえっていた。

――うおおん。

山狗の遠吠えが静けさを際立たせ、五重塔が今にも動きだすのではないかという錯覚すら抱かされる。

「今宵ではないのか」

そもそも、志乃が吊るされるかどうかもわからない。

凛の不思議な力を信じ、藁《わら》をも摑むようなおもいで足を向けたにすぎなかった。

どっちにしろ、ここではないぞと、みずからの声が仁王門を潜ったときから耳許で囁いている。

何も起こらずに時が経つにつれ、風見も同じおもいを募らせていった。

「ちがうな、ここではない。一度戻るか」

「待ってくれ。三人の小人目付は、音無川の汀でみつかったと申したな」

「ああ、言った」

「どのあたりか、わかるか」

志乃と紅葉狩りにおもむいた金剛寺を起点に考えると、さほど離れていない王子権現のさきで石神井川は音無川と繋がる。三人の屍骸がみつかったのは、王子からみればかなり谷中寄りの道灌山《どうかんやま》に近い辺りだという。

「田端村《たばた》か」

道灌山のそばには、幼い時分から剣術の稽古に通った青雲寺《せいうんじ》がある。求馬にとっては庭のような一帯で、広い田圃の狭間に寺が点在する風景しか浮かんでこない。

ふと、何かが閃《ひらめ》いた。

とんでもない勘違いをしていたのかもしれない。

まず、凜が目にしたのは「仏頭」ではなかった。「仏頭のごときもの」だ。ひょっとしたら、建物ではないのかもしれぬ。

それに、猿婆の言ったことばも気になる。

はっきり聞こえたのは「……くじ」であったが、そのまえに何か言いたいことがあったのかもしれない。

「たとえば、寺の名だ」

と、求馬は興奮気味に発した。

「田端村には、与楽寺《よらくじ》がある」

「与楽寺」

首を捻る風見に向かい、求馬は丁寧に説いた。

「さよう。よらくじのよらを言えず、くじだけをつぶやいたのかもしれぬ。それを、富くじのくじと早とちりしてしまったのだ」

「ふうむ」

あり得るはなしだとおもったのか、風見も考えこむ。

求馬はつづけた。

「与楽寺の寺領にはたしか、沼と竹林があった」

竹林を抜けたさきに古い祠《ほこら》があり、祠のまえには「偽装束《にせしょうぞく》」と呼ばれる大きな榎《えのき》がある。大晦日《おおみそか》の晩に関八州《かんはっしゅう》の狐たちが一堂に会するという王子の「装束榎」をもじった呼び名だ。左右に張りだした枝振りから、幼い頃、剣の師であった慈雲が仏塔にみたてたことがあった。求馬はその逸話をおもいだしたのだ。

「駄目元で行ってみるか」

風見に背を押され、五重塔のそばから離れた。

感応寺から与楽寺は近い。七面坂《しちめん》から新堀村《にっぽり》に出て、北へ向かう。途中で青雲寺を通り過ぎ、佐竹《さたけ》家の下屋敷を右手にしながら進む。長々とつづく海鼠塀《なまこべい》の途切れたさきまで歩けば、右手に与楽寺の山門がみえてくる。

山号は宝珠山《ほうじゆざん》、院号は地蔵院《じぞういん》といい、本尊の地蔵菩薩は弘法大師空海《くうかい》がみずから彫ったものと伝えられている。ある夜、盗人一味に押し入られたにもかかわらず、強力《ごうりき》の僧によって追いはらわれた。翌朝、地蔵菩薩の足に泥がついていたことから、強力の僧は本尊にまちがいないと信じられた。爾来《じらい》、盗難除《よ》けに効験《こうげん》がある「賊除地蔵《ぞくよけじぞう》」の寺として崇められているのだ。六阿弥陀詣《ろくあみだもうで》における巡礼先のひとつでもあり、幕府からは二十石の朱印《しゆいん》を授けられていた。

求馬は山門のまえで深々と一礼し、塀に沿った脇道から裏手へまわりこんだ。

本堂の裏手からつづく寺領は、沼を囲う湿地になっている。

何度かやってきたところだが、暗くなってからは初めてだ。

「河童《かっぱ》でも出そうだな」

風見は笑い、携えてきた龕灯《がんどう》を点ける。

照射されたさきには、赤い目が光っていた。

狸か狢《むじな》であろうか。

泥濘《ぬかる》む足許に顔を顰めながらも、どうにか細道を通りぬけた。

行く手には鬱蒼《うっそう》とした竹林があり、入口は漆黒の隧道《ずいどう》にしかみえない。

「あのさきだ」

求馬はみずからを鼓舞《こぶ》し、先導役となって進んだ。

がさっと、脇の笹叢が揺れる。

飛びだしてきたのは、狸の親子だった。

「ふん、驚かせよって」

ひょいと、風見は脇へ踏みだす。

刹那、地べたがぐんと持ちあがり、風見のからだが宙へ飛ばされた。

「うわっ」

罠だ。

綱の張られた左右の竹が、上下に激しく撓《しな》っている。

おそらく、猪を狩る罠であろう。風見は網に包まれたまま、遥《はる》か高みに吊るされてしまった。

「くそっ」

風見は藻掻《もが》きながら、悪態を吐きつづける。

近づいて調べると、仕掛けは古いものではない。

「敵が潜んでおるぞ」

助けようとする求馬に向かい、風見が怒鳴った。

「行け、わしにかまうな」

「えっ」

「これしきの罠、自分で何とかできる。おぬしはさきを急げ」

「……わ、わかった」

煽《あお》られるように、求馬は罠に背を向けた。

やはり、このさきで、志乃は吊るされているのかもしれない。

だとすれば、風見の言うとおり、一刻の猶予《ゆうよ》もならなかった。

月明かりは射さず、龕灯も失ったが、ある程度は夜目《よめ》が利く。

隧道を慎重に進むと、ふいに梟《ふくろう》が鳴きだした。

「……ほう、あほう」

梟が鳴くようなら、待ちぶせはあるまい。

そうおもった瞬間、頭上から何かが落ちてくる。

「うっ」

竹槍だ。

それも、一本や二本ではない。

咄嗟に脇へ飛び、どうにか躱《かわ》す。

「……ほう、あほう」

梟の鳴き声に誘われたかのごとく、周囲に殺気が膨らんだ。

求馬は愛刀の国光《くにみつ》を抜き、鼻先に迫った人影を斬る。

――きいん。

火花が散った。

間髪《かんはつ》を容《い》れず、背後からも襲われる。

振り向きざま、水平斬りを繰りだした。

「ぎゃっ」

臑《すね》を失った黒装束の敵が、地べたに転がる。

周囲の孟宗竹《もうそうちく》が大きく撓《たわ》み、ぎゅんぎゅん音を鳴らしはじめた。

忍びの影が左右から迫り、頭上からも逆落《さか》としに襲いかかる。

「うぬっ」

躱したはずの切っ先がぐんと伸び、頬や肩口を浅く斬られた。
それでも、求馬は白刃を弾き、すぐさま反撃に転じる。
「ぎゃっ」
斃《たお》れた忍びを顧みず、脱兎のごとく駆けだした。
一刻も早く、竹林を通り抜けねばならぬ。
――びゅん、びゅん。
前後左右から、棒手裏剣が飛んできた。
もはや、躱しきれるかどうかは運任せ。
二人目の忍びを斬り、三人目も斥《しりぞ》けた。
敵は確実に、こちらの動きを読んでいる。
おびきだそうとしているのは明らかだ。
どうにか、竹林の出口に近づいた。
――ごおお。
地鳴りとともに、行く手の斜め上から大きなものが落下してくる。
大木の幹だ。
左右の端を綱で吊られた大木が、地面を根こそぎ剔《えぐ》るように襲いかかってきた。

「はっ」
求馬は跳躍し、大木にしがみつく。
だが、すぐに振り落とされた。
――がつっ。
固い地べたに頭を強く打ち、意識が朦朧《もうろう》とする。
大木は竹を薙《な》ぎ倒し、振り子のように戻ってきた。
横に転がって何とか避け、竹林から抜けだす。
「ぬふふ、よくぞたどりついたな」
声のするほうに顔を向けると、ぽっと二箇所に篝火が点《とも》った。
朽《く》ちかけた祠が浮かびあがる。
筒袖の男がひとり、仁王立ちしていた。
頰傷の左文字にほかならない。
祠のかたわらには、大きな榎も聳えている。
求馬は立ち止まり、恐る恐る見上げてみた。
遥かな高みに張りだした枝から、人がひとり吊りさげられている。
「あっ、志乃さま」

叫んでも、声が届いたかどうかもわからない。

朧月を背にした人影は、ぴくりとも動かなかった。

九

左文字は嗤った。

「まだ生きておる。死なせるわけにはいかぬゆえな」

「くそっ」

高さは三丈《じょう》（約九・一メートル）を超えていよう。縄が切れれば、地面に激突して即死するにちがいない。

三人の小人目付に捕まったのち、志乃がどんな目に遭ったのか、求馬はどうしても知りたくなった。

「おぬし、名は」

「伊吹求馬だ」

素直に応じると、左文字はふくみ笑いをしてみせる。

「何がおかしい」

「隠し目付にしては、お粗末なやつだとおもうてな。伊吹とやら、誰に命じられてまいったのだ」

「誰にも命じられておらぬわ」

「おのれの意思でまいったと」

「そうだ」

「甘露小路さまが仰ったとおり、公儀は面倒なことに手出しをせぬようだ。八瀬のおなごを吊るして出方を窺うまでもなかったわ」

求馬は愕然《がくぜん》とした。どうやら、志乃の素姓を知られているらしい。

「おぬし、何故、わざわざ死ににまいったのだ。もしや、仲間を助けたい一心で馳せ参じたのか。ならば、安心するがいい。それほど痛めつけてもおらぬゆえな、くふふ」

志乃が責め苦に屈するはずはない。素姓を吐いたとすれば、何か狙いがあってのことだろう。たとえば、猿婆が失敗《しくじ》ったのを知り、おのれを好餌《こうじ》にして甘露小路を呼びよせようとしたのかもしれない。

志乃ならばそれくらいはやりかねぬと、求馬はおもった。

「それにしても、あのじゃじゃ馬、矢背家の娘であったとはな。甘露小路さまはえらくご興味を持たれ、是非とも顔を拝んでみたいと仰せになった」

甘露小路の側室にされた志乃の姉は、正妻によって毒殺されたという。十年近くまえのはなしなのに、今さら未練でもあるのだろうか。

「今でも夢にみるほど、側室にした姉を気に入っておられたらしい。当時、矢背家の姉妹はうりふたつとの評判でな、わしもみてみたいとおもうたことがあった」

「おぬし、比良一族なのか」

「もとをたどればそうらしいが、わしは出自にこだわらぬ。こだわるのは金だけさ」

「下り酒問屋の汚い金が、それほど欲しいのか」

「汚れていようが、金は金よ。比良一族と申せば、池田屋庄介こそが比良三人衆のひとりだ。法力《ほうりき》と金力と調略《ちょうりゃく》力、各々に秀でた者たちが選ばれたと聞いたが、すでに、法力を携えた浄念はこの世におらぬ。もしや、殺ったのは、おぬしたちか」

「そうだと言ったら」

「死んでもらうしかあるまい」

竹林には、手下たちの気配がある。

左文字は甘露小路の到着を待っているのか、ぐだぐだと喋りつづけた。

榎の大木を見上げても、志乃は吊るされたままで動かない。

やがて、竹林のほうが騒がしくなり、黒装束の忍びたちに守られて駕籠が一挺あらわれた。

祠のまえに滑りこんでくる。

左文字が駕籠脇に近づき、垂れを捲《めく》りあげた。

降りてきたのは、面長の甘露小路増長にほかならない。

「やれやれ、伝奏屋敷から抜けだすのに苦労したわい」

皮肉を言われ、左文字はかしこまる。

「申し訳ございませぬ。罠を仕掛けるのに、適当なところがみつかりませんで」

「言い訳はよい。八瀬の娘は何処じゃ」

「仰せのとおり、吊るしておきました」

「何処に」

「あそこにござります」

左文字が龕灯をかたむけると、甘露小路は反っくり返った。

眩しげに眸子を細め、ひょろ長い首を左右に振る。

「いくら何でも高すぎる。あれでは顔がみえぬではないか」

「危ういおなごにござります。できるだけ離しておいたほうがよろしいかと」

「顔がみえねば意味はない。すぐに降ろせ」

「はっ」

左文字は渋い顔で応じ、甘露小路はこちらに目をくれる。

「あやつは誰じゃ」

「公儀の隠し目付にござります」

「おぬし、何でそこにおる」

面と向かって聞かれたので、求馬は声を張った。

「きまっておるではないか。おぬしに引導を渡すためよ」

「おほっ、左文字よ、ああ言うておるぞ」

「御命じいただければ、始末いたしますが」

「そうよな、娘の顔を拝んでからにいたそうか」

「はっ」

手下のひとりが縄梯子を駆使しつつ、するすると木の上へ登っていく。

そして、あっという間に高みまで到達するや、太い枝に結びつけた縄を弛め、志乃を巧みに降ろしはじめた。

地上では、四人の手下が待ち受ける。

左文字の手下とおぼしき忍びは、ぜんぶで九人を数えた。

数を頼みにしているとすれば、甘いと言わざるを得ない。

求馬には、志乃がこの機を狙っているとしかおもえなかった。

「左文字よ、娘は生きておろうな」

「甘露小路さま、もちろんにござります」

志乃は後ろ手に縛られたまま、地べたに転がされた。

顔を向こうに向け、息をしているのかどうかも判然としない。

甘露小路は警戒してか、五間余りも離れたところに立っていた。

求馬は五人の忍びに囲まれ、さきほどから動くことができずにいる。

忍びのひとりが志乃に近づき、顔をこちらに向けた。

左文字が龕灯で照らしても、覚醒する様子はない。

「ほほう、似ておる。なるほど、佐保とうりふたつじゃ」

甘露小路が手を叩いて喜んだ。

褒められた左文字は満足げだ。

「噂はまことにございましたな」

「佐保は愛《う》いおなごであった。わしには心を開かなんだがな」

甘露小路はしみじみと言い、慎重に近づこうとする。

「声が聞きたい。左文字よ、できようか」

「やってみましょう」

左文字は手下に命じ、水桶を持ってこさせた。

そして、みずから水桶を摑むと、志乃の顔にばしゃっと大量の水を引っかける。

志乃が目を開けた。

するっと縄から抜け、飛蝗《ばった》のように跳ね起きるや、凜然と言いはなつ。

「声なら聞かせてやる。甘露小路増長、死ぬがよい」

待っていたかのように、求馬も動いた。

後ろの敵を一刀のもとにし、左右からの反撃を避けつつ、正面の敵を斬りさげた。

志乃は忍びのひとりに身を寄せ、帯から刀を奪って斬った。

だが、左文字に行く手を阻まれ、その隙に甘露小路は逃げだす。

「待て」

求馬は叫び、甘露小路の背中を追いかけた。

が、すぐさま、忍びたちに邪魔されてしまう。

それに、甘露小路よりも、志乃のほうが気になった。

痛めつけられたからだで、左文字に対するのはきつかろう。

求馬はふたりの忍びを斬り、踵を返して左文字の背後に迫った。

「おぬしの相手はこっちだ」

叫びながら、猛然と斬りかかる。

左文字はふわりと、後方へ二間ほども飛び退いた。

相手が離れた隙に、今度は志乃が駆けだす。甘露小路のあとを追ったのだ。

志乃と袖が触れあった瞬間、目と目で合図を交わした。引導を渡してほしいと願ったが、求馬の眼前には強敵が立っている。

「雑魚《ざこ》め」

左文字は吐きすて、低い姿勢で迫ってきた。

求馬も腰を落とし、半眼で相手を見据える。

――敵来れば我引き、敵引けば我掛かる。

伝書の一節が脳裏を過ぎった。

——剣の要諦《ようてい》は技巧を排した剛直さにあり。

そう教えてくれたのは、慈雲にほかならない。

石火《せっか》の機を捉え、一撃で相手を仕留めるのだ。

「くわっ」

豁然《かつぜん》と眸子《まなこ》を開く。

二の腕を伸ばし、右八相に掲げた。

「やえい……っ」

気合いもろとも、国光をぶん回す。

「なぎゃ……っ」

渾身《こんしん》の袈裟斬りは、水もたまらぬ一刀になった。

気づいてみれば、足許に左文字の屍骸が転がっている。

求馬は長々と息を吐き、血振りを済ませた本身を鞘に納めた。

そこへ、志乃が蒼白《そうはく》な顔で戻ってくる。

甘露小路を逃したのは一目瞭然《いちもくりょうぜん》だった。

「あやつめ、馬で逃げたわ」

志乃は馬よりも速く駆け、もう少しで追いつくところであったが、竹林の暗がりから鉛弾が飛んできたという。

伏兵でも隠れていたのだろうか。

再会を喜ぶ暇もなく、求馬は矢継ぎ早に質《ただ》された。

「猿婆はどうなった」

「予断を許さぬ容態です」

「さようか」

志乃は溜息を吐き、眉間にぎゅっと皺を寄せる。

それにしても、猿婆とはどうやって連絡を取っていたのだろうか。

「連絡は取っておらぬ」

あらかじめ、芝居見物の日取りは把握しており、甘露小路に引導を渡せと命じてあったという。

「猿婆はわたしが小人目付どもに連れこまれたさきもわかっていた。甘露小路を成敗したあと、助けにくるつもりでおったのだ」

されど、失敗った。甘露小路を亡き者にするどころか、猿婆はみずからが生死の境を彷徨《さまよ》うはめになった。

「猿婆は失敗らぬ。敵のほうが襲われるのを知っていたとしかおもえぬ。この場所、猿婆に聞いたのか」

「いいえ、風見と相談し……あっ、そう言えば、風見のことを忘れておりました」

「ふたりでまいったのか」

「はい」

「風見は伝奏屋敷の番士じゃ。甘露小路を守るべく、芝居小屋にもおもむいたのであろうな」

「たしかに、おりましたけど」

求馬が不審を募らせたところへ、風見がひょっこりあらわれた。

のんびりと歩き、素知らぬ顔で志乃に笑いかける。

「やれやれ、とんだ目に遭いました。忍びの数が存外に多ござってな、身を隠すのに苦労いたしました」

ひとしきり喋り、左文字の屍骸に近づくと、偉そうに発してみせる。

「せっかく罠に誘った大物を逃しましたな」

志乃は何もこたえず、何故か、身に殺気を帯びた。

十

どうして志乃が殺気を帯びたのか、そんなことはすぐに忘れた。

無事でいてくれたことだけで、求馬は胸がいっぱいになった。

明け方に芝居茶屋へ戻っても、猿婆は眠りつづけている。

志乃は枕元に座り、猿婆の手を握りつづけた。

案じられるのは、室井の出方だ。

志乃は室井の意向に逆らい、私怨から甘露小路を討とうとした。

隠密御用に携わる者にとって、けっして許されることではない。

面談を求めても、徳川家への忠義はないのかと叱責されるだけであろう。

御役御免《おやくごめん》となれば、故郷を捨てた志乃に戻る場所はない。

指図に抗ったという意味では求馬も同罪だが、わかったことがひとつだけあった。

幕府への忠義と志乃の命を天秤に掛けたら、迷わずに後者を選ぶ。志乃を守ることがおのれの望みで、それ以外に生きる道はない。それがはっきりしたのだ。

猿婆の寝息が聞こえてくる。部屋にはほかに誰もいない。

志乃はこちらに背を向けたまま、掠《かす》れた声で問うてくる。

「おぬし、鬼役になりたいのであろう」

「えっ」

「鬼役になって御城勤めがしたい。それが生まれたときからの望みと言っておったではないか」

たしかに、一度だけそんなはなしをしたことがあった。志乃はちゃんとおぼえていたのだ。

「それなら、わたしのそばにおらぬほうがよい。矢背家に婿入りせずとも、鬼役になる手はあろう」

冗談じゃない、何を言っているのだ。求馬は無性に腹が立ってきた。

矢背家に婿入りして、鬼役になる。婿入りできねば意味はないと、無言で訴えた。

「室井さまに止められても、わたしは甘露小路を討つ。遅きにすぎるやもしれぬが、おのれの我を通せば、まちがいなく隠密の御役を解かれよう。わたしに助っ人いたせば、おぬしも公儀に背《そむ》いたとみなされる。室井さまはああみえて厳しいおひと、けっしてお許しにはなられまい」

「そのときはそのときにござる」

「望みを捨てる気か」

「それがしの望みなど、取るに足らぬもの。志乃さまをお助けすること以外に、それがしの生きる道はござらぬ」

「ふん、あいかわらず甘い男だな。おぬしには、侍としての意地や誇りはないのか」

「えっ」

「隠密とは何だとおもう。虚しいと知りながらも、意地や誇りのために理不尽な命にしたがう者のことじゃ。わたしを助けるためには、隠密であることを捨て、侍であることも捨てねばならぬ」

将軍家への忠義のみならず、侍の意地すらもかなぐり捨てる覚悟があるのかと、志乃はまっすぐに問うてくる。

求馬に迷いはない。志乃への一途な恋情が何よりも勝ると信じていた。

「志乃さま、お覚悟をお決めいただきたい。それがし、足手まといと疎《うと》まれても、地獄の果てまで従いてまいりますゆえ」

「ふん、地獄の果てまでか。鬱陶《うつとう》しいやつだな」

背中が少し笑ったように感じられた。

「志乃さま、お教えください。何故、幕臣になられたのですか」

「何じゃ、あらたまって」

「おはなししたくないと仰るなら、それでもけっこうです」

志乃はほっと溜息を吐き、猿婆をみつめながら語りだす。

「ひとことで申せば、坊主どもの横暴から故郷の山里を守るためじゃ」

はじめてかもしれない。志乃が真摯《しんし》に応じてくれたことに、求馬は感動をおぼえた。

坊主どもとは、比叡山延暦寺の僧たちのことであろう。そう言えば、八瀬荘の人々が裏山の伐採《ばっさい》権をめぐって延暦寺と争っていると、室井から聞いたことがあった。

「されば、もうひとつだけお教えください。何故、矢背家の御家業として鬼役を望まれるのですか」

以前から訊きたかった問いを口にすると、志乃は振りむいて襟を正す。

「死と隣合わせの覚悟をしめすため。そう申せば、恰好つけすぎであろうな。じつは、室井さまにも告げておらぬ理由がある。知りたいか」

「是非とも、お教えください」

「理由を聞いたら、わたしへの裏切りは許さぬ。約束できるか」

「はい」

志乃は瞬きもせず、求馬をじっとみつめた。

「されば、言おう。事と次第によっては、綱吉公のお命を奪うため。それが鬼役を選んだ理由じゃ」

「げっ」

「あらゆる敵から八瀬の山里を守り、ご恩のある近衛家を守る。亡くなったおぬしのお母上も仰せになったのであろう。徳川家への忠義よりも、大切なことがあると。お母上のおことばを聞かせてもろうたゆえ、包み隠さずにこたえたのじゃ。されど、二度と口にはすまい」

求馬はことばを失った。まがりなりにも幕臣として、あたりまえのように徳川家への忠誠を誓ってきた。今さら、まったく異なる信念を聞かされても、なるほど、そうですかとはならない。求馬にとって思い入れがあるのは江戸であり、あくまでも徳川家なのであって、京の都でも朝廷でも近衛家でもないのだ。

「はなす気はなかった。されど、はなしてしまった。理由を知りたいか」

「はい」

「おぬしが濁りのない目をしておるからじゃ」

志乃は少し頬を赤らめ、厳しい口調でつづける。

「矢背家の婿になる者は、いずれどちらかを選ばねばならぬ。そのときは、自分で決めればよいとおもうておった。今となってみれば、詮無いはなしかもしれぬ。わたしは心の底から、徳川家に忠誠を誓おうとつとめてまいった。そのために、秋元但馬守さまも室井さまも、将軍家への忠義を第一に望んでおられる。そのために、何度も試されてきた。こたびもそうじゃ。最大の試練を課され、わたしは見事に裏切った。それでも、悔いはない。わたしには、やらねばならぬことがある」

志乃が熱く語れば語るほど、求馬の頭は冷静になっていった。

そもそも、あきらめるのはまだ早いのではあるまいか。要は、甘露小路増長が幕府にとって許すべからざる人物であることを証し立ててみせればよいのだ。それさえできれば、室井も志乃のやろうとしていることを認めざるを得まい。

以前から引っかかっていることがあった。比良一族と名乗る得体の知れぬ連中のことだ。もちろん、志乃はよく知っているはずだが、何故、近江の山中を根城とする連中がこの時期、江戸へ下ってきたのであろうか。

三人衆のひとりだった浄念は偽の出開帳で荒稼ぎをおこない、凜の持つ「龍の涙」を手に入れようとした。それはいったい、何のためだったのか。さらに、三人衆のひとりと目される下り酒問屋の池田屋は、二条家への輿入れが決まった前田家の姫を亡き者にしようとした。そちらも何のために企てたのか、求馬は深く考えたことがなかった。

考えるきっかけになったのは、風見に何気なく告げられた内容だった。

「そう言えば、風見が妙なことを申しておりました。甘露小路は隠密裡に大奥のお偉方と会っていたそうです」

「お偉方とは誰だ」

志乃が食いついてくる。

求馬は首を捻った。

「たしか、右衛門佐局と仰るお方です」

「大奥の総取締ではないか」

右衛門佐局は権中納言《ごんのちゆうなごん》水無瀬氏信《みなせうじのぶ》の娘で、霊元天皇のもとで後宮《こうきゆう》に仕えていたころは宮中随一の才媛《さいえん》と評された。綱吉の御台所信子《のぶこ》が妹の房子《ふさこ》に頼んで選ばせ、右衛門佐局を千代田城の大奥へ迎えいれたという。大奥の差配のみならず、後宮から綱吉の側室を迎えいれる大役なども担ってきた。それほどの大物に甘露小路が会っていたと知り、志乃は動揺を隠しきれない。

「甘露小路はおそらく、そのために江戸へ参じたのだな。仙洞御所の上皇さまが何事かを企んでおられ、右衛門佐局さまを裏で動かそうとしておるのやもしれぬ」

比良一族は霊元上皇の間者となり、甘露小路の指図にしたがっているのだろう。右衛門佐局は近衛家の当主基熙《もとひろ》とも浅からぬ関わりにあるため、志乃としては放っておけない気持ちになったようだった。

もちろん、霊元上皇が何を企てているのかなど、求馬にわかろうはずはない。だが、その企てが将軍家に禍をもたらすものならば、老中の秋元但馬守としても放っておくわけにはいかぬ。当然のごとく、室井を介して密命が下されるはずだ。甘露小路を亡き者にしても、まだ復帰の目は残っているかもしれない。

「いいや」

志乃は言下に否定した。

「試されておるのは、将軍家への忠義じゃ。わたしはあくまでも、私怨を晴らすために甘露小路を討つにすぎぬ。そこを見逃されるほど、室井さまは甘いお方ではない」

命令に背いた者に例外は認められぬということなのか。

もちろん、そうであったとしても、求馬は志乃を支えようと決めていた。

十一

室井から音沙汰はなく、池田屋の周辺を探っても格別な動きはみられない。風見からも連絡はなく、甘露小路は伝奏屋敷の奥に雲隠れしてしまったかのようだ。

猿婆は目を覚まさず、じりじりとした二日が過ぎた。

求馬と志乃は女将の好意に甘え、芝居茶屋で世話になっている。

公人朝夕人の伝右衛門がやってきたのは、三日目の夕刻であった。

「室井さまのお言付けを預かってまいりました」

若衆髷の志乃と対座し、神妙な面持ちで告げる。

求馬はかたわらに座り、緊張で顔を強《こわ》ばらせた。

「公家に手を出してはならぬ。ここで踏み留まれば、命に背いたことは忘れてや

ると の仰せです」

「わざわざ、さようなことを伝えにまいったのか」

目を怒らせる志乃に向かって、伝右衛門は溜息を吐いた。

「お役目ゆえ、致し方ございませぬ。おこたえは、伺うまでもございませぬな」

「室井さまにお伝えしてほしい。本懐《ほんかい》を遂げたあかつきには、いかなる罰もお受けしますとな」

「本懐を遂げるおつもりのようですが、容易な相手ではございませぬぞ」

「わかっておるわ。甘露小路は一時、公家《くげ》武者《むしゃ》として名を馳せた。池田屋も比良三人衆のひとりならば、それなりの牙は隠しておろう」

「それだけではございませぬ。比良三人衆のうち、最後のひとりが何処かに隠れておるやもしれませぬ」

「ほう、三人目が江戸へ下っておるとでも」

「裏付けはござらぬ。ただ、一番厄介なのは三人目と噂に聞いたもので」

「わたしも噂には聞いておった。三人目は人前にすがたをみせぬゆえ、鵺《ぬえ》と呼ばれておったそうな」

「鵺にござりますか」

「凜も震えておった。不忍池の汀で鵺に拐かされたと申してな」

「姪御を拐かしたのは、浄念の手の者ではなかったのですか」

「どうやら、そうではなかったようじゃ」

志乃とよくわからぬ会話を交わし、伝右衛門はすっと立ちあがる。

「されば、御暇《おいとま》つかまつる」

踵を返しかけ、おもいだしたように告げた。

「本日二十日は恵比須講《えびすこう》、商人どもが朝まで浮かれ騒ぐ日にござります」

「それがどうした」

「池田屋も恵比須講の催しを開くとか」

志乃はおもわず、身を乗りだす。

「催しは何処で開くのじゃ」

「はて、これは天下の遊び人を自負する紀文に教わったはなしにござりますが、浅草《あさくさ》は真先《まさき》稲荷のそばに、ご禁制《きんせい》の鶴《つる》をしめて供する料理茶屋があるとかないとか」

神無月になると、三ノ輪《みのわ》辺りの田圃に鶴の群れが舞いおりてくる。朝廷に捧げる「御拳《おこぶし》の鶴」以外に鶴の捕獲は許されておらず、公儀に知れたらまちがいなく厳罰は免れない。しかも、その見世は吉原に近いので、百両積めば花魁を呼ぶことができるという。

「さらに、もう百両積めば花魁が酌をしてくれ、二百両積めば一夜をともにしてくれるとか。おなご好きの公家ならば、据え膳を断るような無粋なまねはいたすまいと、紀文は申しておりました」

ほんとうに伝えたかったのは、室井のことばではなかったようだ。

求馬は志乃と目を合わせ、無言で立ちあがった。

立ち去った伝右衛門に感謝し、芝居茶屋を飛びだす。

すでに陽は落ち、暮れなずむ往来の人影はまばらだ。

ふたりは連れだって、大川に面した柳橋までひた走った。

桟橋で猪牙舟《ちょきぶね》を仕立て、冷たい向かい風を受けながら大川を遡る。

御米蔵《おこめぐら》の堀から張りだす首尾《しゅび》の松《まつ》も、山谷堀の注ぎ口に架かる今戸橋も、ふたりの目にはいらない。

猪牙舟は三十丁（約三・三キロ）余りを漕ぎすすみ、橋場の渡しへ舳先を寄せた。

吉原に詳しい猪牙舟の船頭ならば、鶴を食べさせる料理茶屋を知っている。

船賃百四十文《もん》のほかに酒手《さかて》を弾むと、船頭は『酔夢楼《すいむろう》』という名を口走った。

陸にあがって神明社へ向かえば、なるほど、二階建ての楼閣《ろうかく》風建物があった。

軒行灯《のきあんどん》に飾られた楼閣だけが、暗闇から浮きあがったかのように輝いている。

耳を澄ませずとも、二階座敷のほうから、どんちゃん騒ぎが聞こえてきた。

「千両じゃ、万両じゃ。さあ、買った」

「売ってくれ、こっちもじゃ。金に糸目はつけぬぞ」

八百万《やおよろず》の神が江戸を留守にする神無月の二十日、商人たちは商売繁盛を祈念する恵比須講を盛大に催す。床の間に恵比須と大黒《だいこく》の木像を並べて大きな鯛を供え、親戚や取引先の面々が買い方と売り方に分かれ、座敷に山と積まれた商品に、千両、万両の値をつけ、大きな声で「売りましょう、買いましょう」と掛けあい、景気づけをおこなうのである。

紀文が言うのであれば、まちがいあるまい。志乃が姉の仇と狙う甘露小路は、かならずや、宴席に招かれているはずだ。上座のまんなかに座り、かたわらに侍る花魁の酌で鼻の下を伸ばしているにちがいない。

志乃は黒目がちの眸子を光らせる。

「防《ふせぎ》は手薄とみた。堂々と正面から向かってもよいが、おぬしならどういたす」

「それがし が囮《おとり》となり、防の侍どもをおびき出してみせましょう。志乃さまはその隙に二階座敷へ。そのあとは野となれ山となれにござる」

「よし、策は決まった」

「されば、お先に」

求馬は大胆に表口の敷居をまたぎ、一階に屯する池田屋の用心棒たちを睨んだ。

「すわっ、くせもの」

一階ばかりか、二階に屯する侍たちも、まんまと誘いに乗った。

求馬は鞘ごと刀を抜き、最初に躍りだしてきた用心棒を力任せに叩きつける。

「ぬえっ」

用心棒は肋骨《ろっこつ》を砕かれた痛みに耐えかね、その場に蹲《うずくま》った。

「くせもの」

ふたり目が叫ぶのを確かめ、くるっと尻を向ける。

一目散に駆けだすと、ほかの連中も一斉に追いかけてきた。

途中の暗がりでぱっと物陰に隠れ、息を殺して追っ手をやり過ごす。

少しだけ様子を窺ったあと、急いで表口に戻り、奉公人たちが驚くのも顧みずに床へあがるや、一気に階段を駆けのぼった。

「きゃあ」

座敷のほうから女たちの悲鳴が聞こえ、奉公人や賑やかしの連中が廊下の奥から逃げてくる。

求馬は流れに逆らって進み、座敷へ踏みこんだ。

「ぬげっ」

やにわに、ふたりの侍が白目を剝いて倒れる。

甘露小路の側近が志乃に峰打ちを喰らったのだ。

残るはふたり。甘露小路と池田屋は床の間を背にしている。

床の間には縁起物の千両箱が山と積まれ、飯を高く盛った碗なども見受けられた。畳のうえには、山海の珍味が並んだ膳がひっくり返っている。無礼講で競《せ》り売りのまねをしていた連中は、ことごとく逃げていた。

「くせものは二階じゃ」

どうやら、一度外へ誘いだした防の連中が戻ってきたようだ。

求馬は階段まで戻り、駆けあがったきた用心棒に斬りつける。

——ばすっ。

上段の峰打ちが眉間を割った。

さらに、後ろからつづいたひとりは階段の下へ蹴落とす。
有利な位置取りゆえ、相手が何人でも負ける気がしない。
気懸かりなのは、志乃のほうだ。
我慢できず、三人ほど残したところで踵を返した。
座敷に戻ってみると、志乃は甘露小路と鍔迫り合いを演じている。
すでに、池田屋は胸を斬られ、畳に這いつくばっていた。
「志乃さま、助っ人いたす」
求馬は叫び、低い姿勢で駆けだす。
こちらに気を向けた甘露小路に隙が生じた。
志乃はすかさず、反転しながら脇を擦り抜ける。
「おのれ、小娘」
甘露小路は発すると同時に、血のかたまりを吐いた。
すれちがいざま、脇胴を抜かれていたらしい。
つぎの瞬間、箍《たが》が外れたように片膝をついた。
「公家悪め、とどめじゃ」
志乃は叫ぶやいなや、甘露小路の喉笛を掻っ斬った。

――ぶしゅっ。

返り血を避けもせず、志乃はじっと佇む。

凄まじい光景を目《ま》の当たりにして、求馬も動けなくなった。

はっとわれに返ったのは、背後に殺気を感じたからだ。

振り向けば、見知った顔がゆっくり近づいてくる。

「ふん、やってくれたな」

強張った顔で笑いかけてきたのは、風見新十郎にほかならなかった。

十二

求馬は首をかしげた。

風見があらわれたことも、身に殺気を帯びている理由も、混乱する頭では説明できそうにない。

「風見、おぬし、何をしておる」

「みてのとおり、警固にまいったのさ」

「甘露小路なら、志乃さまが成敗したぞ」

「ああ、そのようだな。誰がこの場所を知っておった」

「紀文だ」

「なるほど、紀文なら知っておろうな」

あきらかに、いつもと様子がちがう。

後ろの志乃も、全身に殺気を纏っていた。

「志乃さま、いったいどうなされたのです」

求馬に質され、志乃は顎をしゃくる。

「風見新十郎、そやつは裏切り者ぞ」

「えっ」

求馬が縋るような眼差しを向けると、風見は肩を揺すって嘲笑った。

「ふはは、わしは裏切り者ではない。最初から、おぬしらを謀《たばか》っておったのだからな」

「何だと」

もしや、鵺と噂される比良三人衆のひとりなのであろうか。

「比良一族は仙洞御所に仕えておる。わしは霊元上皇の間者。所詮、おぬしらとは格がちがう」

伝右衛門は「厄介なのは三人目」と言っていた。風見が「鵜」ならば、出会ったときから騙されていたことになる。

「馬鹿正直なおぬしを騙すのは容易《たやす》かったが、矢背のおなごを騙すことはできなんだらしい。志乃、いつから気づいておった」

「おぬしのことは、以前から疑っておった。されど、証しを得るためには、ひと芝居打たねばならなかった」

金剛寺で小人目付に捕まったのも、そのためであったのか。

「さよう、鼠を狩るためじゃ。おぬしはものの見事に引っかかった。与楽寺裏の竹林で甘露小路を逃したであろう。あのとき、わたしは確信した。風見新十郎は敵だとな。されど、わからぬことがある。何故、甘露小路と池田屋を助けなんだ」

「もはや、ふたりに用はない。むしろ、邪魔であった。これからは、わしひとりでどうにかなる。矢背家に婿入りせずとも、鬼役になる目途もついたしな」

鬼役になって綱吉の近くに侍り、その気になれば毒を盛ることも、匕首《あいくち》を突きつけることもやってのけるつもりらしい。文字どおり、金棒を手に入れた鬼こそが鬼役なのだと、風見は胸を張った。

志乃は薄く笑う。

「どっちにしろ、わたしのことは見限ったわけだな」

「そういうことだ。たとえ夫婦になっておったにせよ、おぬしはいずれ消さねばならぬとおもうていた。何せ、八瀬荘のおなごゆえなあ」

「わたしは故郷を捨てた者、比良一族に恨みはない」

「そっちにはなくとも、こっちにはあるのさ。ふふ、わしは手加減しながら、今まで稽古相手をつとめてきた。おぬしの太刀筋は、すべてわかっておる。申し訳ないが、負ける気がせぬ。苦しまずに死なせてやるゆえ、安心しろ」

悪夢でもみているとしか言いようがない。

求馬は顔を顰めたが、志乃はふくみ笑いをしてみせる。

風見は眉間に皺を寄せた。

「何が可笑《おか》しい」

「おぬしは勘違いしておる。太刀筋を見切られた相手と刀を交えるほど、わたしも無謀ではない」

「どういうことだ」

「わからぬのか、おぬしの相手は伊吹求馬じゃ」

「えっ」

驚いたのは、名指しされた本人である。

志乃の表情には微塵の不安もみえない。

風見は仰け反って笑った。

「ぬひゃひゃ、戯《たわむ》れておるのか。そやつがわしに勝てると、本気でおもっておるのか」

「負けるはずがない。伊吹求馬は比良の鼠を斬り、矢背家の婿として鬼役に就く。そうなる宿命《さだめ》なのじゃ」

「宿命だと。ふん、巫女《みこ》でもあるまいに」

「姪の凜が龍の涙に映してみた。伊吹求馬が鬼役に就いているすがたを、はっきりとみたそうじゃ。おぬしらもわかっておろう。凜の先読みが外れたことはない」

動揺を誘う方便《ほうべん》だとわかったが、風見は目を泳がせている。

勝てるかもしれぬと、求馬はおもった。

風見に勝てば、晴れて矢背家に婿入りできるのだ。

志乃から直々に発せられたことばが、五体に勇気をもたらしていた。

「まあよい。雑魚《ざこ》を始末してから、おぬしはあとでじっくり料理してやろう」

風見は志乃から目を外し、こちらと向きあう。

立ち合いは三間（約五・五メートル）、一瞬で詰められる間合いだ。

手の内を隠しているようだが、風見の修めた流派は柳生新陰流《やぎゅうしんかげ》であった。

畳を踏む足は拇指を軽く反って浮かせ、両膝を少し曲げて頭の位置は変えず、浮足《うきあし》で滑るように動く。

一方、求馬は豪快な太刀筋を旨とする鹿島新當流を修めた。

あらゆる流派の返し技も学んだが、慈雲に教えられたのは剣と禅の合一にほかならない。

――時時に勤めて払拭《ほっしき》せよ。

立ち合いにおいては、つねに煩悩の塵を掃すべしという禅の教えが、おのれを支える剣理の根本に据えられている。

生死の境に置かれても平常心を失わぬこと、それこそが厳然たる剣の要諦なのだ。

求馬はぐっと腰を落とし、八の字の撞木足《しゅもくあし》に構えた。

切っ先を高く反らした青眼には、相手を威圧する効果はあろうが、座敷の天井は道場よりも格段に低いため、頭上に構えを転じることはできない。肘を大きく張った引《いん》の構えから、両腕を伸ばして刀身をぶん回せば、梁《はり》や柱に引っかかってしまう公算が大きかった。

正面への突きか、横からの払いか、おのずと手はかぎられてくる。

「まいるぞ」

風見は舌舐《したなめず》りをし、すすっと間合いを詰めてきた。

もちろん、山陰《やまかげ》斬りのごとき大詰めの技ではなく、小調子で打ちこむ小詰めで攻める気であろう。

「そいっ」

風見は鍔元《つばもと》三寸を狙い、物打《ものうち》で付け狙うように打ちこんでくる。

求馬は身を沈めて一刀を受け、わずかな拍子のずれを利用して、相手を崩しにかかった。

「おっと」

風見は崩れず、脇構えから「猿廻《えんかい》」と呼ばれる大技を仕掛けてくる。

刀を右横に張りださせ、左足を力強く踏みこみつつ、斜め斬りに左拳を狙ってきた。

――きいん。
わずかの差で弾くや、強烈な火花が散った。
是が非でも勝ちたいという気持ちが、腹の底から湧きあがってくる。
求馬は力を抜き、静かに目を閉じた。
「身は深く与え、太刀は浅く残して、心はいつも懸かりにてあり」
口のなかで、ぶつぶつと剣理を唱える。
勝ちたい気持ちから離れる勇心を持たねば、生き残る術はなかろう。
「ぬおっ」
風見は鋭い気合いを発し、脇構えで迫ってくる。
求馬は豁然と眸子を開いた。
――がつっ。
真横からの払いを、弾かずに受けとめる。
重い一撃のせいで、踵が畳に食いこんだ。
鍔迫り合いになるかとおもいきや、風見はふっと刀を外す。
振りおろすときは巨岩のごとく、外すときは枯葉のごとし。
それこそが柳生新陰流の真骨頂《しんこっちょう》、風見は奥義《おうぎ》を究めている。

「そいっ」
目にも止まらぬ一刀が鼻面に迫った。
反動をつけぬ刺《さ》し面《めん》である。
横三寸の動きで躱すや、頰を浅く裂かれた。
烏飛びで真横に跳ね、どうにか二の太刀を躱す。
片膝を折敷《おりし》いて車《しゃ》に構え、頰に流れる血を嘗めた。
「ほほう、躱しよった」
笑みすら浮かべる手練《てだれ》に、もはや、小細工は通用しない。
のそりと、求馬は起きあがった。
さきほどまでとは表情がちがう。
達観したかのごとく、唇《くち》もとには笑みすら浮かんでいた。
まっすぐにみつめる瞳は、湖面のように澄みわたっている。
風見も変化を察したのか、おいそれと斬りかかってこない。
「まいる」
求馬は発し、すっと上段に構えた。
あと少しで、切っ先が天井に届く。

そのまま進めば、梁に引っかかる高さだ。
構えを変えずに、だっと畳を蹴りつける。
前傾になり、撃尺《げきしやく》の間合いを踏みこえた。
「莫迦め、この勝負もらったわ」
風見は叫び、ぐんと沈みこむ。
狙いは脇の下真一文字、雁金《かりがね》の一刀であろう。
求馬はあくまでも、大上段の構えを解かない。
「はっ」
気合いもろとも、敢然と愛刀を振りおろす。
——ばすっ。
案じられたとおり、切っ先が梁に引っかかった。
と、おもいきや、梁を半分に断ち、勢いを殺さずに振りおろす。
「なにっ」
剣の要諦は剛直な太刀筋にあり。
風見は刹那《せつな》、地獄の鬼をみたにちがいない。
みずからの額が石榴《ざくろ》のように割れ、鮮血がほとばしる光景を想像したことだろう。

迷いのない求馬の剣は、忌まわしい策謀を一刀両断にしてみせた。

畳に俯した風見は、驚いたように眸子を瞠っている。

死んだのだ。

志乃が無言で歩みより、風見の瞼をそっと閉じてやった。

そして、一礼して立ちあがると、そばまで近づいてくる。

「ようやったな」

溜息とともに、掠れた声を漏らす。

頰には、ひと筋の涙が流れていた。

求馬は佇んだまま、うなずくことしかできない。

どうして生き残ることができたのか、自分でもよくわからない。ただ、室井作兵衛の命に背いたことも、風見新十郎を斬ったことも、志乃の涙で何もかもが報われたように感じられた。

十三

高い空は一面、鰯雲《いわしぐも》に覆われている。

求馬は覚悟を決め、不忍池北端の秋元屋敷へやってきた。

庭のみえる部屋の下座に控え、かれこれ一刻余りも待ったであろうか。

冷え冷えとした廊下の端から、ようやく聞き慣れた跫音《あしおと》が近づいてきた。

室井作兵衛が厳しい顔で部屋にはいってくる。

求馬は平伏し、頭をあげようともしない。

「面《おもて》をあげよ」

上座から声が掛かり、わずかに顔を持ちあげた。

「遠慮いたすな。もそっと近う寄れ」

「はっ」

ずりずりと膝行し、さきほどよりも深く平伏す。

「いつになく殊勝《しゅしょう》な態度ではないか。志乃はどうしておる」

「室井さまのおことばを待っておられます」

「言うておくが、おぬしらの行く末を決めるのはわしではない。こたびのことで、殿は大いに悩まれた。おぬしらは、天下の仕置きを担うお方に余計な心労をおかけ申しあげたのじゃ。畏れ多いこととおもわねばならぬぞ」

「心得てござります」

「ならば、今から殿のおことばを伝える」

求馬は身を縮め、じっと息を詰めた。

「断腸《だんちょう》のおもいで許すと、殿は仰せじゃ」

「えっ」

「どうした、不服か」

「……と、とんでもないことでございます」

拍子抜けしたというのが正直なところだ。

「若い時分から小さくまとまるなと、殿は仰せになった。恩に着せる気はないが、そのおことばをどう受けとるかは、おぬしら次第じゃ」

室井は不満げに言いはなち、すっと立ちあがる。

「お待ちを。今までどおり、お仕えしてもよろしいのですか」

「まあ、そうなろうな。されど、明日からおぬしは、この屋敷へ来ずともよい」

「肩衣《かたぎぬ》と半袴《はんばかま》をしつらえ、明日、千代田城へ出仕せよ」

「えっ」

「しゅっ、出仕にござりますか」

「中奥の笹之間じゃ。嫌なら、出仕せずともよいぞ」

「……さ、笹之間」

鬼役が毒味をおこなう神域である。

「鬼役が足りぬようでな、皆藤から泣きがはいったのじゃ。出仕したら、皆藤の指図にしたがえ。されど、そのまえにやっておかねばならぬことがある。今宵、志乃と夫婦固めの盃を交わせ」

「ひぇっ」

仰天して、ひっくり返りそうになる。

「旗本でなければ、笹之間にはいることは許されぬ。手っ取り早く旗本になるには、矢背家に婿入りするしかあるまい」

「志乃さまは、ご存知ありませぬ」

「だからどうした、おぬしが説得するのじゃ。ふん、それができぬようなら、鬼役としても使いものになるまい」

室井はたたみかけるように喋り、飄然《ひょうぜん》と部屋から去った。

嬉しさよりも、緊張と恐怖を抱いている。ひょっとしたら、これが室井に課された最大の試練かもしれなかった。

驚きの余韻《よいん》で、頭が混乱している。

室井に尋ねたいことは山ほどあったのだ。

何故、今になって、甘露小路や比良一族が動きだしたのか。霊元上皇とその一派は、いったい何を画策しているのか。そして、風見の死は秋元但馬守にとって、どういう意味があったのか。

考えるきっかけだけでも与えてほしかったが、言いだす機会を逸した。つぎの機会が訪れるかどうかもわからない。笹之間へ出仕するようになれば、気軽に会ってもらえなくなるかもしれなかった。

ともあれ、今宵じゅうに夫婦固めの盃を交わせなどと、無謀すぎるにもほどがある。

求馬は秋元屋敷を去り、何処をどう歩いたのかもわからぬまま、市ヶ谷の浄瑠璃坂を上り、御納戸町にある矢背家の屋敷までやってきた。

すでに、夕暮れである。

巣に帰るつがいの鴉が、茜空の向こうへ遠ざかっていった。
覚悟を決めて冠木門を潜り、表口へ重い足を運ぶ。
耳を澄ましても、人の気配が感じられない。
留守にしているのだろうか。
――ことり。
何かが落ちた音が聞こえた。誰かいるのだ。
表口の板戸に近づき、おもいきって声を張ってみる。
「伊吹求馬にござります。どなたか、おられませぬか」
すっと、戸が開いた。
猿婆が片膝をついている。
「あっ、目を覚ましたのか」
「さきほど、地獄から戻ってまいりました。さあ、あちらへ」
猿婆はあらたまった口調で言い、三和土《たたき》の向こうを促す。
上がり端に目をやれば、志乃が三つ指をついていた。
膝前には三方《さんぼう》が置かれ、小柄がひとつ載せてある。
柄に彫ってあるのは鬼牡丹、矢背家の家紋にほかならぬ。小柄はおそらく、金剛寺で病い犬に投じたものであろう。

「こちらをお納めくだされ。矢背家の御当主になられる証しにござりますれば」

「えっ……ま、まことに、それがしでよろしいのですか」

声を震わす求馬にたいし、志乃はにっこり微笑んだ。

「よろしいも何も、ほかに矢背家が生きのびる術《すべ》はござりませぬ」

説得するまでもなかった。秋元但馬守に許されたこともわかっているし、今宵じゅうに夫婦になる覚悟もできているのだ。

それにしても、誰が教えたのだろうか。

「おあがりくだされ。とあるお方に仲立ちを賜り、今から夫婦固めの盃を交わさねばなりませぬ」

先導する志乃と後ろに従う猿婆に挟まれ、求馬は夢見心地で廊下を渡った。

通されたのは奥の十畳間で、正面には舞鶴の描かれた金屏風《きんびょうぶ》が立てまわされ、山海の珍味を盛った膳まで支度されている。

屏風の脇に鎮座しているのは、材木商の紀文にほかならない。

室井から秘かに頼まれ、仲立ちの役目を引きうけたらしかった。

「本日のめでたい門出に際し、不肖紀伊國屋文左衛門《ふしょうきのくにやぶんざえもん》が心ばかりの祝儀を携えてまいりました」

そう言って、ぱんぱんと手を叩く。

すると、手代らしき男たちが大きな朱塗りの葛籠《つづら》を抱えてきた。

さっそく蓋を開け、葛籠を横にしてみせるや、小さな蟹がぞろぞろと出てくる。五十や百ではきかぬ数だ。しかも、すべての蟹は甲羅に金箔《きんぱく》を施されていた。黄金の蟹たちが畳をごそごそ歩きまわり、金屏風にも這いあがっていく。

「一蝶こと多賀朝湖の詠んだ一句、おぼえておいでか」

紀文に問われ、求馬はさらりと口ずさむ。

「かさこそと島蟹集う月見酒」

島流しにされても、理不尽な仕置きへの反骨心は捨てずにいる。気丈に雄々《おお》しく生きぬく絵描きの生き様を、紀文は祝いの場を借りてしめしたかったのかもしれない。

「何とまあ、おもしろい趣向じゃ」

志乃は気味悪がりもせず、女童《めわらべ》のように喜んでいる。

猿婆は蟹を一匹摑んで口に放り、ばりばりと咀嚼《そしゃく》してみせた。

ともあれ、これほど珍妙な趣向は紀文でなければおもいつくまい。

ふたりは黄金の蟹たちに囲まれ、三三九度の盃を交わしたのである。

「めでたや、めでたや」

紀文は夫婦固めの盃を見届け、みずからも満足げに祝杯をあげた。

晴れがましい明日の船出におもいを馳せながらも、求馬には聞いておきたいことがある。仕方なく夫婦になるのか、それとも、好いているがゆえに夫婦になりたいのか、どうしてもそれだけは、志乃に聞いておきたい。

だが、いっこうに言い出すことができず、もどかしさだけを募らせた。

「惚れた腫れたで長続きはいたしませぬ。夫婦とは忍の一字にござります」

酔った勢いに任せ、紀文は適当なことを抜かす。

相手の本心はわからずとも、今は夫婦になることが大事なのかもしれない。

楽しげな志乃の横顔に目をやりつつ、求馬はそうおもうことにした。

光文社文庫

文庫書下ろし／長編時代小説
入《いり》　婿《むこ》　鬼役伝《おにやくでん》(三)
著　者　坂《さか》　岡《おか》　真《しん》

2022年8月20日　初版1刷発行

発行者　鈴　木　広　和
印　刷　新　藤　慶　昌　堂
製　本　ナショナル製本

発行所　株式会社　光　文　社
〒112-8011　東京都文京区音羽1-16-6
電話　(03)5395-8149　編　集　部
8116　書籍販売部
8125　業　務　部

ISBN978-4-334-79407-1　Printed in Japan

組版　萩原印刷

坂岡 真

剣戟、人情、笑いそして涙……

超一級時代小説

将軍の毒味役 鬼役シリーズ

- 鬼役 壱 ☆
- 刺客 鬼役 弐 ☆
- 乱心 鬼役 参 ☆
- 遺恨 鬼役 四
- 惜別 鬼役 五
- 間者《かんじゃ》 鬼役 六 ★
- 成敗 鬼役 七 ★
- 覚悟 鬼役 八 ★
- 大義 鬼役 九 ★
- 血路 鬼役 十 ★
- 矜持《きょうじ》 鬼役 十一 ★
- 切腹 鬼役 十二 ★
- 家督 鬼役 十三 ★
- 気骨 鬼役 十四 ★
- 手練《てだれ》 鬼役 十五 ★
- 一命 鬼役 十六 ★
- 慟哭《どうこく》 鬼役 十七 ★
- 跡目 鬼役 十八 ★
- 予兆 鬼役 十九 ★
- 運命 鬼役 二十 ★
- 不忠 鬼役 二十一 ★
- 宿敵 鬼役 二十二 ★
- 寵臣《ちょうしん》 鬼役 二十三 ★
- 白刃《はくじん》 鬼役 二十四 ★
- 引導 鬼役 二十五 ★
- 金座 鬼役 二十六 ★
- 公方《くぼう》 鬼役 二十七 ★
- 黒幕 鬼役 二十八 ★
- 大名 鬼役 二十九 ★
- 暗殺 鬼役 三十 ★
- 殿中 鬼役 三十一 ★
- 継承 鬼役 三十二 ★

☆新装版 ★文庫書下ろし

鬼役外伝 文庫オリジナル

光文社文庫